rowohlt
BERLIN

Friedrich Christian Delius

Warum ich schon immer Recht hatte –

und andere Irrtümer

Ein Leitfaden für deutsches Denken

Rowohlt · Berlin

1. Auflage Januar 2003

Satz aus der Linoletter PostScript, PageMaker
bei Pinkuin Satz und Datentechnik, Berlin
Druck und Bindung Clausen & Bosse, Leck
Printed in Germany
ISBN 3 87134 466 4

Selbstporträt mit Schimpansen

Wenige Tage nach dem Ende der Schlacht von Stalingrad nicht weit vom Vatikan in das warme Frühlingslicht von Rom geboren, die Mutter eine milde Mecklenburgerin, der Vater ein westfälischer Pfarrer, zwischen hessischen Wäldern und Fachwerkhäusern, Bücherregalen und Fußballplatz Lesen und Schreiben gelernt und zugleich stotternd und stumm geworden – wo fängt es an, das Ich, das mit gelähmter Zunge zur Sprache drängt und im Alter von zehn Jahren mit der Schreibmaschine des gefürchteten Vaters sich einen «Weltplan» tippt? Und als «Beruf» angibt: Dichter.

Dies Rätsel habe ich auch in der Erzählung «Der Sonntag, an dem ich Weltmeister wurde» nicht gelöst, und ich will es nicht lösen, denn es treibt mich voran. Wer schweigt und stottert, mag, im Idealfall, ein besonders glühender Liebhaber der Sprache sein. Widerspruch – erst gegen die Sprache der Väter und Götter, dann gegen die Sprachen der Floskeln, der Macht, der Ideologie. Sich am Schopf der eigenen Lyrik aus dem Sumpf ziehen – mit solchem Sublimationsgewinn läßt sich wuchern. Es zog mich ins Zentrum der deutschen Widersprüche, anderthalb Jahre nach dem Mauerbau. Aber was wäre Berlin gewesen ohne den Weg durch die Mauer, ich brauchte Gesprächspartner in beiden Berlins. Doch bei allem bescheidenen Größenwahn hätten wir uns nie vorgestellt, uns 30 Jahre später in *einer* Akademie wiederzutreffen.

Der politische Schub von 1965, 1966, 1967, 1968 hat mich nicht gehindert, zehnmal mehr Jean Paul und Fontane zu lesen als Marx. Theorie war meine Sache nie, und der Höhepunkt meiner Studentenbewegung war eine Dissertation über «Der Held und sein Wetter». Eine Maxime von Friedrich Schlegel begleitet mich seit 1965: «Jeder Satz, jedes Buch, so sich nicht selbst widerspricht, ist unvollständig.»

Sie sehen, im Grunde wär ich gern ein Romantiker. Bin aber nun etikettiert als literarischer Chronist der Gegenwart, als politischer Autor gar, überdies geadelt von Literatur-Prozessen bis hoch zum Bundesgerichtshof. Ich staune manchmal darüber, eine gewisse politische Wachheit scheint offenbar nicht mehr selbstverständlich zu unserm Berufsbild zu gehören. In Deutschland steckt schnell in der sogenannt politischen Ecke, wer die Auswirkungen historischer Ereignisse auf die Gemütslage und das Verhalten von Subjekten und Figuren nicht vergißt, ja sogar poetisch mitdenkt. Als wäre nicht jede Liebesgeschichte mit gesellschaftlichen Banden beschwert. Zur Abwechslung der Schubladen würde ich gern einmal als heimatloser Heimatdichter wahrgenommen werden: Köln, Bielefeld, Wiesbaden, Ribbeck, Wehrda, Rostock, Hiddensee, Berlin hätte ich zu bieten.

Wo sind denn nun Ihre Wurzeln? Wie links oder rechts sind Sie denn? Wo ist Ihr Standpunkt? Ich fühle mich, obwohl Westmensch, als Einheitsgewinner und Gegner der Jammer-Fraktion. Das neue Jahrhundert hat bereits im Jahr 1989 begonnen. Warum ich trotzdem immer noch kein Zyniker bin, habe ich auf 99 Seiten zu beantworten versucht. Der Meinungsmarkt schert mich weniger als Fakten, Fragen, Suche und der Humor, nachsichtig oder frech.

Wenn Sie mich zum Beispiel bei Feierlichkeiten, gerade bei akademischen, verhalten oder gar lächeln sehen, dann denke ich vielleicht daran, daß wir zu 98,6 Prozent Schimpansen sind. 1,4 Prozent Mensch, und was für ein unendlicher Raum der Freiheit, der Sprache, der Möglichkeiten!

Sie sehen hier einen Mann, den Sie, nach Akademie-Maßstäben, für verhältnismäßig jung halten werden. Bitte, vergessen Sie nicht, daß Sie einen Veteranen vor sich haben. Einen aus der letzten Generation, die noch ohne Fernsehbilder erzogen worden ist. Aus der Generation, die es so gut hatte wie keine vor ihr und so gut, wie es keine nach ihr haben wird, und die dies Privileg verdammt schlecht genutzt hat. Einen altmodischen Menschen, der die bewußtseinserweiternden Wirkungen von Sprache und Dichtung bei allen Zweifeln lieber überschätzt als unterschätzt. Und der heute immer noch wie der Zehnjährige davon träumt, ein Dichter zu sein.

Achtundsechzig

Die Bilder, Berichte und Dokumente aus alten Zeiten lügen nicht, aber sie lügen doch. Sie zeigen die Leute aus den ersten Reihen, die wildesten Gesichter, die nacktesten Kommunarden, die plakativsten Plakate, die unordentlichsten Wohnungen, die rotesten Fahnen, die spektakulärsten Aktionen. Zitiert werden die kämpferischsten Reden, das auffälligste Polit-Kauderwelsch, die euphorischen – und nicht die skeptischen Stimmen.

Zu diesem schlechten, aber mediengerechten Brauch gehört es, daß bei allen entsprechenden Jubiläumsfeierlichkeiten in unziemlich privilegierter Weise meistens solche Veteranen zu Wort kommen, die schon 1968 Wortführer waren. Zeitzeugen, die sich im Kreise drehen und vor unsern Augen fossilieren, selbst wenn sie selbstkritisch Richtiges, Nachdenkenswertes sagen. Seit dreißig Jahren vermitteln sie das gleiche Bild: Wir haben den Durchblick.

Keine politische Bewegung ist so auf ihre eigenen Mythen und Klischees hereingefallen wie die 68er. Die meisten dieser Klischees sind sogar nicht einmal falsch. Trotzdem sage ich: Alles war anders, nämlich viel widersprüchlicher, mehrdeutiger, spielerischer.

Falls also zu 68 noch etwas Erhellendes zu sagen ist, dann wäre es vielleicht dies: von der Suche zu sprechen, der Suche auch nach der eigenen Nützlichkeit und dem Gebrauchswert eigenen Tuns, von der Ambivalenz und der Mehrschichtigkeit, die das hektische Leben wie das übereifrige Lernen bestimmten. Was heute uniform erscheint, war einmal Pluralität. Die 68er-Bewegungen, ich bestehe auf dem Plural, sind in sich sehr widersprüchlich gewesen, viel widersprüchlicher, als es selbst die besten Fotos von Michael Ruetz zeigen. Zu jeder These gab es eine Gegenthese. Synthesen waren verpönt, sie hätten schließlich die Ernsthaftigkeit unterminiert und wären versöhnlerisch gewesen. Jeder Ideologisierung folgte ein Gegenprogramm, das sich bald wieder ideologisch verengte und dann von einer neuen Gegenidee angegriffen wurde, die ihrerseits erstarrte, usw. Der Wettlauf auf den getippten, hektographierten oder gedruckten Papieren um das möglichst revolutionäre, möglichst allgemeingültige Ideengut mußte so ganz logisch entweder implodieren oder zum Stillstand kommen. Das sollten heutige Forscher, Betrachter, 68er-Hasser und Nostalgiker beachten: Wer immer sich Details, Bilder, Sätze, Thesen aus den Strömungen dieser großen Zirkulation herausfischt und die Gegenbilder, -sätze, -thesen wegläßt, wandelt auf dem bequemen Pfad der Legendenbildung.

Afrika → Obszönitäten des Alltags

Allgemeinplätze → Zersetzen

Amerikahaus → Studentenbewegung

Anarchisten

Die Avantgarde der deutschen Anarchisten sitzt nicht auf der Höhe, sondern vor der Höhe, in Bad Homburg. In der Stadt am Taunus leben viele Bürger, die beim Umgang mit Geld ein geschicktes Händchen haben. Hier gibt es die höchste Millionärsdichte und einen hohen Anteil von Spitzenverdienern vor allem aus der Frankfurter Finanzwelt.

Deshalb war die fiskalische Revolution der 90er Jahre hier zuerst zu beobachten. 1996 hat das Finanzamt Bad Homburg in der Endabrechnung keine Einkommensteuer-Einnahmen mehr verbuchen können, es mußte sogar 3 020 836 Mark zurückerstatten. 1997 betrug das Minus 50 Millionen.

Wer ab und an solche Statistiken liest, wird den Trend zum Minus nicht ganz überraschend finden. Seit Beginn der 90er Jahre haben sich die Einkommen aus Unternehmertätigkeit und Vermögen um etwa 50 Prozent erhöht, die Zahl der Einkommensmillionäre ist ebenfalls um die Hälfte gestiegen, und die Zahl der Vermögensmillionäre hat die Million überschritten – gleichzeitig ist das Aufkommen aus der Einkommensteuer steiler abgestürzt als die japanischen Börsenkurse. Laut Statistischem Bundesamt von 1992 bis 1996 Jahr um Jahr von 42 Milliarden auf 33, auf 26, auf 14, auf 11 Milliarden Mark.

Seit Theo Waigel mit der Sonderabschreibung Ost die

größte Milchmädchenrechnung aller Zeiten erfunden und damit seinen Platz im Guinness-Buch der Rekorde gesichert hat, können die Finanzämter Vollzug melden. Diese fiskalische Revolution ist freilich dem Bundesfinanzminister nicht allein zuzuschreiben. Es ist eine gesamtgesellschaftliche, eine historische Leistung, die einen Moment der Würdigung und des Nachdenkens verdient. Früher, wir erinnern uns, waren Finanzämter dazu da, Steuern zu berechnen und einzutreiben. Heute bleibt ihnen nicht viel mehr als zu prüfen, ob alles mit rechten Dingen zugeht, wenn Verluste über Verluste gemacht werden. Und ob das Spiel der wohlhabenden Leute, nicht nur keine oder fast keine Steuer zu zahlen, sondern möglichst noch aus der Staatskasse belohnt zu werden, mit legalen oder halblegalen oder illegalen Regeln gewonnen wird. Aus den Finanzämtern, zumindest den Abteilungen für Einkommensteuer, sind virtuelle Goldgruben geworden.

Am Ende des Jahrhunderts sind wir nun so weit: Mit den direkten Steuern finanzieren, vereinfacht gesagt, nur die Angestellten und Arbeiter diesen Staat. Während der zahlungskräftige Teil der Bevölkerung, der von den heute selbstverständlichen Freiheiten am meisten profitiert, am wenigsten beisteuert und sich aus der Verantwortung für das Gemeinwohl verabschieden darf.

Unbeschränktes Privateigentum, schrankenlose Freiheit für den einzelnen, Beseitigung des Staates, das sind die Parolen der 90er Jahre – und es sind zugleich die Parolen des individualistischen Anarchismus des 19. Jahrhunderts. Neu ist nur: Der Staat lädt selbst zur Anarchie ein. Wir haben es heute mit einem staatlich geförderten Anarchismus zu tun, den man als Turbo-Anarchismus bezeichnen könnte.

Die Sucht, mit allen Mitteln Verluste auszuweisen, beschleunigt die Schulden-Katastrophe und führt zur Erosion des demokratischen Systems. Sie entspricht dem «kleinbürgerlichen Rückzug aus dem öffentlichen Leben», den Andrzej Szczypiorski an den Deutschen heute beobachtet. In der Mentalität der Verlust-Macher hat die Flucht vor der Verantwortung vielleicht nicht einmal den größten Anteil. Vielmehr mischt sich hier die Lust am Untergang mit der Lust an einer legalen und modernen Form kollektiver Anarchie. Der Wunsch, das menschliche Leben nur vom Willen und der Einsicht des einzelnen bestimmt sein zu lassen – da sind wir wieder beim naiven Glauben der frühen Anarchisten.

Das alles mag nur ein Nebenaspekt der großen Wende der 80er Jahre sein, als das betriebswirtschaftliche Denken über das volkswirtschaftliche siegte. Diese Entwicklung wird nicht aufzuhalten sein, auch nicht durch eine neue Regierung. Der Triumph der Shareholder und Verlustmacher über die Werte- und Verantwortungsträger ist marktwirtschaftlich konsequent und unumkehrbar, weil er die Dynamik eines immer besser legitimierbaren Egoismus auf seiner Seite hat.

Deshalb dürfte aber auch das emanzipatorische, staatskritische Element, das im Turbo-Anarchismus steckt, nicht zu einer neuen Bündelung konstruktiver Kräfte, zu einem neuen Gesellschaftsvertrag führen. Vielmehr fördert der Anarchismus von oben den Vandalismus von unten. Je reicher wir werden (privates, allein im Inland angelegtes Geldvermögen: 5,3 Billionen Mark) und je mehr wir diesen Reichtum festzuhalten und zu vermehren suchen, desto mehr Verwahrlosung – im mangelhaft ausgestatteten Bildungswesen, in der Rechtspflege, der Jugendarbeit, der Kulturförderung usw., kurz, bei der Verteidigung der Zivilität unserer Gesellschaft.

Ist das «Sozialneid», ist das «kulturkritisch» oder «populistisch», wenn man sagt: Der Grund für die Verwahrlosung Deutschlands liegt im Reichtum der Deutschen?

Antisemitismus → Termine

Apartheid → Donnerstag, blauer

Arbeit ruiniert die Welt

FALK Also. Dieser Clausius hat im vorigen Jahrhundert den Entropiesatz entdeckt. Entropie ist die Summe der nicht mehr nutzbaren Energie. An der Wärmelehre exemplifiziert: Alle Energieumwandlung führt letztlich zu Wärme von niederer Temperatur, bis sie keine Arbeit mehr leisten kann. Die Menge der Energie bleibt erhalten, aber die Qualität der Energie verfällt mehr und mehr. So ähnlich. Der unumkehrbare Prozeß des Absinkens der Energiequalität führt dahin, daß am Ende das gesamte Geschehen im System Kosmos im sogenannten Wärmetod zum Stillstand kommt.

CASPAR Eine Physiker-Formel für den Untergang. Was hat das mit dem doppelten Europa zu tun?

FALK Alles. Denn es gibt ernsthafte Leute, die diese Formel aufs wirtschaftliche Wachstum beziehen.

CASPAR Wieso?

FALK Weil du anders den Konflikt zwischen Ökonomie und Ökologie nicht kapieren kannst.

CASPAR Eben Kosmos, jetzt Ökonomie und Ökologie. Kannst du nicht noch ein bißchen höher stapeln?

Falk Laß mich doch ein bißchen Honig ziehen aus dem, was ich lese.

Caspar Und woher hast du den?

Falk Aus der «FAZ», Überschrift: Arbeit ruiniert die Welt, im Feuilleton. Baring zitiert zustimmend und besorgt einen Redakteur der «Süddeutschen», der in den «Gewerkschaftlichen Monatsheften» den Konflikt zwischen Ökonomie und Ökologie für nicht versöhnbar erklärt.

Caspar Mit Hilfe eines Physikers aus dem 19. Jahrhundert.

Falk Hör erst mal zu. Die These, wenn ich das richtig behalten habe: Die für die Umwelt negativen Folgen der jeweiligen Wachstumsrate wären selbst dann noch größer als der durch den technischen Umweltschutz erzielbare Nutzen, wenn man die gesamte Wachstumsrate für technischen Umweltschutz ausgeben würde. Andersherum: bei begrenzten Ressourcen kein unendliches Wachstum, auch kein hundertprozentiges Recycling.

Caspar Aber das Ideen-Recycling funktioniert wenigstens. Ein Physikersatz, durch soundsoviel Bücher und Zeitungen gejagt und bestimmt versimpelt, kommt am Ende, verallgemeinert für alles und jedes, bei der «FAZ» an und erschüttert dich!

Falk Lach nur!

Caspar Und warum geht dir das nicht aus dem Kopf?

Falk Arbeit ruiniert die Welt.

Caspar Mit Anführungsstrichen?

Falk In der Überschrift nicht.

Caspar Wenn das die «FAZ» schreibt, werd ich mir das merken. Ein neuer Bürospruch. Ein schöner Satz, noch dazu beweiskräftig, eine Rehabilitierung der

Schwätzer, der Nichtstuer, der Künstler ... Reden als die effektivste Methode, das allgemeine Desaster aufzuhalten ... Ich seh unsere Gespräche schon mit ganz anderen Augen. Irgendwie erinnert mich das dunkel an Mandevilles Bienenfabel. Da war auch so was mit ... nein, ich krieg's nicht hin, kann dir leider nicht mit Zitaten imponieren. – Aber wolltest du nicht auf Europa kommen?

FALK Der Niedergang der europäischen Planwirtschaft, der allgemein als Sieg der Marktwirtschaft gefeiert wird, beschleunigt den Niedergang der Marktwirtschaft, nach Clausius, nach ...

CASPAR Den Niedergang! Daher weht der Wind! Endlich bewegt sich mal was zum Guten in Europa, endlich Freiheit für Millionen und etwas Aussicht für die Leute, aus der alten Scheiße rauszukommen, da fangt ihr schon wieder an mit den nächsten Katastrophen-Szenarios! Ich kann das nicht mehr hören! Die letzte schmuddelige Trumpfkarte von euch alten Kapitalismus-Kritikern, daß nun alles noch schlimmer wird! Guck dir den Dreck doch an, in dem sie vegetieren, wird doch höchste Zeit, daß das aufhört! Ich dachte, du wärst ein bißchen schlauer geworden in den letzten Jahren! Siehst du nicht, was los ist in Osteuropa, wo alles kracht? Endlich kracht, weil die Menschen vom alten System mehr als die Schnauze voll haben, nun laß ihnen doch in diesem Trümmerhaufen wenigstens die kleine Hoffnung auf den Markt, auf eine Besserung ...

FALK Die laß ich ihnen doch, die sollen sie ja haben, sollen alles versuchen, was sie für richtig halten, um irgendwie Tritt zu fassen, aber ...

CASPAR ... dein ewiges Aber ...

Falk Ich versuche nur, drei Schritte weiter zu denken.
Caspar Damit du die Leute schon beim ersten entmutigst.

Ausländer → Dachdecker

Baader-Meinhof → Herbst, deutscher → RAF → Staat

Banalitäten → Gesellschaftsspiele, intellektuelle

Banken → Wunschzettel

Beamte → Wunschzettel

Berlin → Höllerer, Walter → Potsdamer Platz → Termine

Berlin-Brandenburg

Berlin-Brandenburg soll «Preußen» heißen? Als Aschermittwochsscherz sehr gelungen. Abgesehen von den hundert richtigen historischen und politischen Bedenken gegen ein Land Preußen: Unsere Gesellschaft hat absolut nichts Preußisches mehr, teils aus guten, teils aus schlechten Gründen. Die Brandenburger und Berliner müssten sich den Titel preußisch erst verdienen: durch Sparsamkeit, Gemeinsinn, Bescheidensinn, Toleranz gegenüber Fremden, Gefängnisstrafen für Landowsky und Partner. Alles preußische Utopien. Mein Vorschlag wäre: Versuchen wir mal, zehn Jahre lang im besten Sinne preußisch zu handeln, dann müssten wir unter anderem mindestens die Hälfte der Beamten entlassen, die Wirtschaftsordnung umkrempeln, die reichen Leute und die großen Firmen müssten wieder Steuern zahlen usw. Und nach zehn Jahren könnte man prüfen, ob wir den Namen verdienen.

Berliner Neujahrswunsch 96

Ich wünsche, daß die Banken dem Land Berlin sämtliche Schulden erlassen, 51,1 Mrd DM, in Worten 51 100 Millionen, damit endlich wieder Politik gemacht werden kann in Berlin. Ich wünsche mehr Sänger in den U-Bahnen und S-Bahnen, manchmal auch im Oberdeck der Busse. Ich wünsche Berlin, daß es nicht zu sehr verschinkelt und auch der Heiterkeit der modernen Architektur Raum gibt. Ich wünsche eine offene Gedächtniskirche auch im Winter und eine Verwaltung, die pro Jahr 5 % ihrer Vorschriften, Verordnungen und Durchführungsbestimmungen abschafft. Ich wünsche verständlichere Grafitti. Ich wünsche, daß der Potsdamer Platz im Sommer zum Baden freigegeben und später ein wirklicher Platz wird. Ich wünsche, daß mehr Ausländer zu Inländern werden oder sich wie Inländer willkommen fühlen. Ich wünsche, daß etwa ein Viertel aller Parteiköpfe und Politiker, die sich im Sozialbau ihrer Ämter und Pfründen eingenistet haben, eine Fehlbelegungsabgabe bzw. Fehlbesetzungsabgabe von 70 % ihrer Bezüge an die Landeskasse zahlen. Ich wünsche mehr Licht in Lichtenberg, mehr Charlotten in Charlottenburg, mehr Rummel in Rummelsburg, mehr Hauptmänner in Köpenick und mehr Füchse in Reinickendorf. Ich wünsche Berlin viel weniger Arbeitslose und viel mehr Wohnungen. Ich wünsche, daß die gleiche Summe, die an Schmiergeldern gezahlt wird – man spricht von mindestens 20 % der von der öffentlichen Hand vergebenen Bauaufträge – auch für Obdachlose gezahlt wird. Ich wünsche, daß alle, die in Kontaktanzeigen Kontaktpersonen suchen, rasch mit den gewünschten Kontakten befriedigt werden, und wünsche, daß die Schrittgeschwindigkeit in den verkehrsberuhigten Zonen eingehalten wird. Ich wünsche Berlin kein Schloß, aber einen Lustgarten, der seinem Namen Ehre macht. Ich wünsche, daß 30% mehr Rentner von ihren Fernsehschirmen loskommen und sich in den letzten Eckkneipen mit teetrinkenden Türken verbrüdern. Ich wünsche mehr Geduld mit dem Schienenersatzverkehr und staufreie Straßen mindestens zwischen Kollwitzplatz und Witzleben. Ich wünsche Berlin, daß die Herren an der Spitze der Verkehrsgemeinschaft Berlin-Brandenburg nicht nur betriebswirtschaftlich rechnen lernen, sondern auch volkswirtschaftlich. Ich wünsche einen lauteren Widerstand der Studenten gegen ihre staatlich verordnete Verschuldung und wünsche einer Schlüsselindustrie dieser Stadt, dem Buch- und Geisteshandel, eine Verdopplung der Umsätze. Ich wünsche eine 300prozentige Erhöhung der Hundesteuer, für Rentner meinetwegen nur 150%. Ich wünsche allen Bonnern, die nach Berlin kommen, an den Flughäfen und Bahnhöfen eine Art Sicherheitsschleuse oder Jungbrunnen, der ihnen etwas vom DIN-genormten Horizont und vom Gartenzwerg-Ordnungswahn elektronisch abwäscht. Ich wünsche weniger Taschendiebe. Ich wünsche mehr Arbeitsplätze in der Stadt und mehr Blumen im Umland zu den Arbeitsplätzen dazu. Auch wenn in Berlin längst jede der endlos vielen «Szenen» nach ihrer Façon selig zu werden trachtet, wünsche ich allen 97 Berliner Szenen mehr Offenheit und Freiheit, über den eigenen Tellerrand hinwegzuschauen. Ich wünsche eine herzhafte Fusion zwischen Berlin und Brandenburg. Ich wünsche 7% mehr Heiterkeit in den Gesichtern und 11% mehr Liebespaare auf den Straßen und 4% mehr Richtfeste. Ich wünsche allen Beamten, daß sie den nichtverbeamteten Berlinern das Leben erleichtern und nicht erschweren. Ich wünsche, die Parteiköpfe begriffen, daß der Posten einer Kultursenatorin oder eines Kultursenators vielleicht nicht wichtiger ist als der des Wirtschaftssenators, aber doch wichtiger als der des Regierenden Bürgermeisters. Ich wünsche den Berlinern, daß sie ihre Stadt auch mal als eine große, lebendige Collage wahrnehmen können. Ich wünsche uns allen eine coole Hotline zu den alltäglichen lauwarmen Problemen. Ich wünsche allen 3,2 Mio Berlinern mindestens 10% mehr Neugier auf Berlin und allen, urbi et orbi, eine gute Portion der Freundlichkeit und der Geduld von Heiner Müller. Ich wünsche, kurz gesagt, daß die Berliner den Reichtum ihrer Stadt erkennen und damit mehr anzufangen wissen.

Das wären einige meiner bescheidensten Neujahrswünsche, mit denen ich Berlin grüße und den Rest der Welt und, wie die jüngsten Hörer sagen würden, alle, die mich kennen.

Berlusconi, Silvio

«Es ist die Wut zur Vereinfachung», sagte ein Freund, als wir wenige Tage vor den italienischen Wahlen das Phänomen Berlusconi zu erklären versuchten. «Jahrzehntelang hatten die Leute hier ihre verwickelte Politik mit vielen Parteien und ständig wechselnden Koalitionen, jetzt wollen sie den starken Mann mit den einfachen Lösungen.»

Der Tag hätte schöner nicht sein können, ein sonniger Maienmorgen, und der Ort, an dem wir saßen, nicht prächtiger: auf einer Terrasse über den Dächern von Rom. Es räsonniert sich leicht, wenn der Blick weithin über Hügel und Kuppeln, über Bäume und Dachlandschaften schweifen darf.

Über unseren Köpfen brummte ein Flugzeug, das ein wehendes Werbeband mit dem Namen und der Partei jenes Mannes hinter sich herzog – selbst auf den Terrassen gab es kein Entkommen vor der medialen Allmacht des neuen Herrschers, der sich anschickte, in Rom die Macht zu ergreifen.

P., ein Sachverständiger der Politischen Ökonomie und Journalist, lieferte in der Maisonne die erste Erklärung, die mir sofort einleuchtete: Vereinfachungswut. Schon jeder kleine Politiker muss die Kunst der Vereinfachung (und der Wiederholung der immer gleichen Sätze) beherrschen, jeder Ideologe sowieso. Niemand kann sich zum Machthaber großen Stils aufschwingen, der nicht mit einem stark vereinfachten Weltbild antritt. Fließend sind die Grenzen zwischen Politik und Demagogie. Wer die Tricks und Finten der Vereinfachung am besten beherrscht, darf von der Karriere als Diktator träumen.

Auf der anderen Seite, beim Publikum, den Wählern, ist nichts begreiflicher als der Wunsch nach Vereinfachung. Der wird, überlegten wir, gewiss nicht allein vom Ärger über die da oben und vom Überdruss an Terrorismus, Korruption und Bürokratie gespeist. Das allgemeine Gefühl der Unsicherheit, die Erfahrung der ökonomischen Instabilität, das Verschwinden der gewohnten Bindungen und Werte, all das verschafft dem Vereinfacher fruchtbaren Boden. Immer unübersichtlicher, hässlicher und hektischer erscheint die Welt, von immer komplizierteren Interessen beherrscht, wer vermag da der Verlockung einfacher Botschaften zu widerstehen? Wenn Hoffnungen und Utopien verblasst, die

Alternativen verwischt sind und nach dem Traum von Gerechtigkeit für alle nur noch der Traum von der herrlichen Ungerechtigkeit des Geldes und der Utopie des Börsengewinns Konjunktur haben, was wundert uns dann an dem Erfolg eines Marktschreiers? Tönt nicht aus allen Ecken das Echo seiner Sätze: «Der Markt macht frei, der Staat unfrei, Kritik ist Verrat, Gemeinsinn Quatsch?»

Die Sehnsucht nach dem starken Mann, sagte P. ungefähr, nach dem großen Vereinfacher, dem Herkules des Medienzeitalters blüht nur da, wo die Massen entpolitisiert sind. Deshalb, meinte ich, verdient die Geschichte vom unaufhaltsamen Aufstieg des Cäsars B. alle Aufmerksamkeit. Wenn einer sich anschickt, die Vereinfachungswut des Stammtischs mit dem digitalen Ja-Nein-Denken und mit der Input-Output-Vereinfachung der Wirtschaft und dem In-Out-Vereinfachungsrezept der Medien zusammenzurühren, dann werden die Folgen nicht harmlos sein. Wenn noch dazu die Andersdenkenden aggressiv abserviert werden, offen nach Zensur gerufen wird und nur ein einziges Individuum als unfehlbar und allein selig machend übrig bleibt: ER selbst, dann liegen die Gefahren auf der Hand. Was wird mit der Gewaltenteilung und den demokratischen Freiheiten? Es wird wieder spannend in Europa.

Bildbeschreibung

Ein frontaler männlicher Blick und ein leuchtender weiblicher Rücken, was für eine Konfrontation, die Lovis Corinth hier formt und mit einem schlichten Titel versieht, «Selbstporträt mit Rückenakt». Das Gemälde ist 1903 in Berlin entstanden, wenige Monate nach der Heirat mit Charlotte Behrend. Sie war nicht nur seine

Schülerin und sein Modell, sie entwickelte sich neben Corinth zu einer bedeutenden Malerin, wurde, trotz seiner Weigerung, sie zu protegieren, Mitglied der «Sezession». Hier dient sie als «Rückenakt», ihre wunderbare Rückenlandschaft als Sinnbild der Sinnlichkeit.

Auf den ersten Blick nichts als Harmonie und Selbstbewußtsein. Corinth malt sich als Beherrscher der Szene, wie er sich in allen Selbstporträts seiner mittleren Phase sah. Die Augen geradeaus, entschlossen über die Frau hinaus zum Betrachter gerichtet, die Hände am Bildrand mit den Werkzeugen, Palette in der einen, Malpinsel in der anderen Hand, das Hemd offen. Eine Mannsfigur, fest und lässig zugleich. Ein Fels, eine Stütze, an die sich die junge Frau lehnt. Sie ist einen Kopf kleiner, das schränkt ihre gestischen Möglichkeiten noch mehr ein. Sie zeigt nicht mehr als Rücken, Hüfte, Kopfhaar, einen Arm und die halb verborgene rechte Brust.

Das Paar in einer ebenso intimen wie offenen Umarmung. In dieser Haltung könnte ein Tanz beginnen. Der Mann hat keine Hand frei für die Frau. Mit dem Arm jedoch, der die Palette trägt, scheint er sie an sich zu drücken, hält er sie fest. Die einzig freie Hand ist die rechte Hand der Frau. Sie könnte an seiner Schulter, seinem Hals, seinem Arm, und, mit Verlaub, an seiner Hose liegen. Sie ruht aber, die Finger leicht angewinkelt, an seinem Herzen, tastend, zärtlich, behutsam fordernd, fragend. In dieser Hand liegt, so vermute ich, das magische Zentrum des Bildes.

Kein Zweifel, hier werden männliche Stärke und Dominanz gefeiert. Das Heroische, Wilde, Strenge, die oft ironisch gebündelte Überlegenheit, all das, was als «typisch Corinth» gilt, ist auch hier zu finden. Und doch viel mehr: das erotische Element in diesem Selbstporträt ist so stark, daß alles Männliche auf spannungsvolle Weise in Schach gehalten wird.

Es ist die Spannung zwischen Maler und Modell, dem Bekleideten und der Unbekleideten, zwischen Vorderansicht und Rückenansicht, zwischen dem Arbeitenden und der Ruhenden. Die Spannung auch: Gehen wir jetzt aufs Kanapee oder male ich weiter? Die Bitte: Bleib bei mir, ich brauche dich, ich brauche deine Hand auf dem Herzen, gerade jetzt. Die Lüge: ich bin der Maler, du bist Frau.

Bekanntlich war Lovis Corinth, selbst in seinen erfolgreichsten Jahren, von starken Minderwertigkeitskomplexen geplagt. Charlotte Behrend-Corinth hatte nicht nur die täglichen Verzweiflungsausbrüche ihres Mannes, seine Kunst tauge nichts, auszuhalten – sie mußte sich auch immer neue Mittel der Ablenkung und Ermutigung ausdenken, sie versuchte ihn mit Fröhlichkeit, mit Sinnlichkeit zu besänftigen. Die Posen des strotzenden Selbstbewußtseins, die Corinth liebte, sind also auch Abwehrmaßnahmen gegen die Zweifel und Verzweiflungen. Sein entschlossener Blick ist ein aufgesetzter. Der Maler zeigt uns mit diesem Selbstporträt seine im Augenblick der Vollendung gebändigten Komplexe – und er zeigt seine Retterin. Das Bild dreht sich um die Hand auf seinem Herzen.

Der Schatten der Palette fällt auf ihr Schulterblatt. Was Charlotte Behrend-Corinth neben Corinth auszuhalten, wie sie zu kämpfen hatte, steht auf einem anderen Blatt als auf diesem Schulterblatt. Die verwundbare Stelle immerhin ist, absichtlich oder nicht, sichtbar.

Eine Pointe dieses Bildes ist, daß es vor dem Spiegel gemalt wurde und daß Corinth offenbar auf die Seitenverkehrung keine Rücksicht nehmen wollte. So wird er zum Linkshänder. Doch diese wie auch die anderen Abweichungen vom realen Leben der beiden sind nebensächlich. Das «Selbstporträt mit Rückenakt» teilt eine andere Wahrheit mit: Kunst ist ohne Erotik nicht zu haben.

Blut

Auf welch einer schmierigen Grundlage schwimmt die ganze Debatte um In-Länder und Aus-Länder? Auf dem Blut. Die Deutschen gehören zu den wenigen Völkern, die ihre Zusammengehörigkeit vom *ius sanguinis* her definieren, aber es ist mir erst in letzter Zeit peinlich, zugeben zu müssen, daß dieser hochindustrialisierte, vergleichsweise demokratische und freiheitliche Staat immer noch auf einer rassistischen Basis ruht. Daß gerade die Deutschen auf die Reinheit ihres Blutes pochen, ist besonders absurd oder verlogen, weil kaum ein Volk sich so vermischt hat mit anderen wie der ohnehin sehr bunt gemischte Haufen in der Mitte Europas. Von tausend verrückten Beispielen nur eines: Eine Amerikanerin aus den USA, die seit vielen Jahren in Deutschland lebt, mit einem Deutschen verheiratet, kann, obwohl ihre Mutter als Deutsche emigrieren mußte, nicht ohne weiteres deutsche Staatsbürgerin werden – weil ihr Vater Österreicher war.

Nur Rasse-Idioten können die gegenwärtigen Regelungen zur Staatsbürgerschaft gutheißen. Auch dies ein *Deutschenproblem*. Es sollte für einen liberalen Staat eine Selbstverständlichkeit sein, auf die man als Autor nicht eigens hinweisen müßte: Wenigstens den Ausgrenzungsmechanismus des juristisch-bürokratisch fundierten Rassismus abzuschaffen. Nicht nur, weil dieser alte, versteckte Rassismus den neuen, offenen fördert. Sondern weil er Millionen Leuten, die hier geboren sind, hier seit Jahrzehnten, seit Jahren leben und weiter leben wollen, ein schlichtes Menschenrecht verweigert.

Born, Nicolas

Vor den Erinnerungen und Anekdoten ist der Verlust zu beschreiben. Wenn der Name Born fällt oder der Name Nicolas, hab ich sofort seine Stimme im Ohr, sein Lachen, seinen Zorn, und seine Sätze stellen sich wieder ein.

Wenn sein Name fällt, denke ich, was uns und was der Literatur heute fehlt. Ich wüßte keinen Freund, der so vielen ein Freund war, wie kein anderer unserer Generation Mittelpunkt vieler Freundschaften zu sehr verschiedenen Autoren. Seine Nähe, seine Kompetenz, seine Zähigkeit, sein Witz, Ernst, weiter Blick – niemand hat das ersetzen können.

Am deutlichsten die Lücke in der gegenwärtigen Literatur: Zwischen der priesterlichen und der bieder politischen Prosa, zwischen der soliden Altherren-Prosa und den engen Ich-Horizonten der Jüngeren fehlt das Gewicht der Romane, die Born nach der «Fälschung» geschrieben hätte. Ich weiß nicht, was für Bücher das geworden wären, aber ich bin sicher, sie hätten Einfluß gehabt – auch auf die Kritik, die ihre Instrumente an einer im besten Sinn politischen Literatur hätte schärfen können. Ohne «Die erdabgewandte Seite der Geschichte» und den «Zweiten Tag» zu vergessen, das Unerhörte der «Fälschung» lag auch in der Kritik des deutschen Intellektuellen, der deutschen Lähmungen, des europäischen Voyeurismus, der sich für weltoffen hält. Der

Autor der «Fälschung» hätte nicht aufgehört, uns weitere Fälschungen vorzuhalten.

Das sind noch nicht alle Verluste. Wenn einer, dann hätte vielleicht Born den Stillstand (oder Rückschritt) der Lyrik überwinden können, der seit Beginn der achtziger Jahre zu beobachten ist. Und welche Autoren lassen sich heute essayistisch auf die Entwicklungen (außerhalb der literarischen Paradiese) ein wie Born in «Die Welt der Maschine»? Es fehlt auch ein Erforscher zeitgenössischen Wahnsinns, ein Redner, ein Kritiker wie er.

Und jetzt die Erinnerungen, bitte.

Camus, Albert

Turbulente Zeiten, andere vertiefen sich in Montaigne, mir hilft Camus, «Tagebuch 1951–56». Auch er hatte mit einer Art Protestantismus zu kämpfen. Das *produktive* Abschütteln der Moral, ohne Reaktionär zu werden. Die ständige Belästigung durch Ideologen, politische Sortierer und Kunsthasser. Unabhängigkeit behaupten, ohne ein fescher oder aggressiver Misanthrop zu werden. «Ich verlange nur eines, und ich verlange es bescheiden, obwohl ich weiß, daß es exorbitant ist: mit Aufmerksamkeit gelesen zu werden.»

Canetti, Elias → Dialog

Corinth, Lovis → Bildbeschreibung

Courage → Termine

Dachdecker

Gerade will ich mich bücken, um ein paar dilettantische

Untersuchungen an den Fundamenten der Gesellschaft anzustellen, da ruft jemand oben vom Dach: «Die Berliner Dachdeckerbetriebe distanzieren sich entschieden von Diskriminierung und rechtsradikaler Gewalt gegenüber unseren ausländischen Mitbürgern.»

Nein, den Satz habe ich nicht erfunden, auch nicht der «Titanic» entnommen. Die Dachdecker-Innung Berlin («Ein Handwerk wie unsere Stadt – bärenstark und sympathisch») hat ihn in einer Anzeige im «Tagesspiegel» vom 20. 12. 92 allen Hausbesitzern und lesenden Mietern wie dir und mir zur Kenntnis gebracht. Ich freue mich daran, wie immer, wenn die Satire sich selber schreibt. Oder ist es keine Satire, wenn die Dachdecker das auf den Begriff bringen, was uns, Dachdenker oder Fundament-Begutachter, seit langem beschäftigt?

Schon gut, nichts gegen den Mut der Dachdecker. Sie bringen mich dazu, meinen Respekt vor diesem nützlichen und gefährlichen Handwerk auszuweiten auf die Meinung und das Bekenntnis zur Gewaltlosigkeit in dieser Innung. Aber die Dachdecker wissen noch nicht, was sie mit ihrer Anzeige angerichtet haben. Bei mir jedenfalls schüren sie die Frage, das Mißtrauen: Was ist mit den Klempnern, den Bäckern, den Friseuren, warum äußern sie sich noch nicht? Sind sie etwa ausländerfeindlich? Warum sagen die Maurer nicht wie die Dachdecker: «Wir kennen und schätzen seit über 20 Jahren die Arbeit der ausländischen Mitarbeiter in unseren Betrieben»? Wann läßt das Elektrohandwerk den Satz drucken «Das Miteinander von ausländischen und deutschen Mitbürgern gehört zu unserer Stadt»? Wo bleibt das Bekenntnis des Einzelhandels «Wir brauchen sie, sie brauchen uns»?

Aus der Universität melden sich jetzt auch die Veterinärmediziner mit einem Aufruf zur Würde aller Menschen, andere Fachbereiche waren schneller, andere werden folgen. Schuhfirmen und Computerkonzerne (»Unterscheidung Ausländer und Inländer ist Unsinn») eifern den Kampagnen von Lufthansa und Mercedes nach, usw. Aber was, wenn alle Firmen und Verbände, alle Innungen und Institutionen ihr Bekenntnis zur Ausländerfreundlichkeit haben drucken lassen? Wenn alle das Selbstverständliche in entschiedenen Worten gesagt haben: Wir distanzieren uns, wir tun keinem Ausländer Leid an?

Daß so viele «Zeichen» gesetzt werden (müssen), ist kein gutes Zeichen. Der Protest, bis hin zu diesen Zeilen, bis zu diesem aktuellen Büchlein, zeugt von der Neurose dieser Gesellschaft, die es offenbar nötig hat, um das Selbstverständliche so viel Aufwand zu treiben, wenn Hunderttausende verkünden: Wir sind lieb, wir prügeln nicht, wir achten die Ausländer, sogar die Asylanten.

17 Menschen sind in diesem Jahr in Deutschland von Skinheads ermordet worden, zwei Asylbewerber, fünf seit langem hier lebende Ausländer, darunter die drei Türkinnen von Mölln, zehn Deutsche, davon allein sechs oder sieben Obdachlose. Über die vielen Überfallenen und Verletzten habe ich keine Zahlen, die Verängstigten sind ohnehin ungezählt.

Wie wird das weitergehen? Die Gesellschaft, die Familien werden weiterhin eine Minderheit von ichschwachen, identitätslosen, verklemmten Knaben produzieren, die sich Feindbilder zimmern oder kopieren, um das eigene labile Selbst zusammenzuhalten, und mit aggressiver Autoritäts- und Ordnungssucht neue

Opfer suchen, an denen sie ihre «Härte» beweisen können. Die meisten Opfer sind Obdachlose, das verrät den Selbsthaß am deutlichsten: Da sehen sie sich selbst, nur älter, ärmer, ausgeschlossener. Ihr Spiel heißt aber «Ausländer aufschlagen» und gilt allen, die den Spielraum dieser Grüppchen betreten. Wer begrenzt ihren Spielraum? Ändert die gegenwärtige Welle der Demonstrationen gegen Gewalt etwas an diesen Spielregeln? Jetzt sind die Proteste auf dem Höhepunkt ihrer Konjunktur, aber diese Mittel werden bald verschlissen sein, und dann?

DDR → Müller, Heiner

Depression → Ersatzreligion

Deutschland

Deutschland ist mit der Vereinigung kleiner, enger geworden. Seit der Beseitigung der Grenzen fühlen sich immer mehr Leute beengt, bedroht, es gibt keine stillen Winkel, keine Fluchtwege mehr. Als ginge es täglich ums letzte Gefecht des Überlebens, wird überall mehr gedrängelt, gestoßen, niedergemacht, geschlagen, die Parolen heißen Abhaken, Ausgrenzen, Abräumen. So wachsen Nervosität und Ungeduld, werden Revierkämpfe und Hackordnungen schärfer und Beißhemmungen abgebaut. Das Verhalten der Skins ist nur die brutalste Variante einer zunehmend geduldeten oder in vielen Medien geförderten Verrohung.

Dialog

Das Neue ist gegen uns gerichtet. Wir spüren das. Wir sind, einerseits, die Fossilien (fast alle hier Versammelten gehören zu der letzten Generation, die ohne Fernsehen aufgewachsen ist, fast alle hier kennen sich, auch wenn sie an elektronischen Schreibmaschinen von einem Megabyte arbeiten, in der Computerwelt nicht aus). Trotzdem, denke ich, sollten wir uns in die Lage versetzen, *das Neue, auch wenn es gegen uns gerichtet ist, zu kritisieren.* Denn wir haben, andererseits, das Privileg, nicht passiv abwartend mitlaufen zu müssen, das Privileg, dem geräuschvoll-stummen Selbstlauf der Dinge Sprache entgegensetzen zu können. Wir haben das Privileg, uns sachkundig machen zu können, zu differenzieren und beispielsweise zu erkennen, wo die Computerkultur, trotz der von ihr stimulierten Mutationen, die Option für eine Entwicklung in Richtung Demokratie hat und wo nicht.

Was kann die Grundlage, der Ausgangspunkt der Kritik sein?

Wir stellen fest: die technischen Bilder erleichtern alle Versuche, die Zuschauer mit Blindheit zu schlagen. Sie funktionieren, wie Flusser behauptet, in einem technischen Sinn faschistisch. Sie produzieren Zerstreuung im doppelten Sinn, also das, was die Kulturkritik wahrscheinlich zu Recht Vereinsamung, Entindividualisierung, Leere nennt. Die technischen Bilder, die heutigen Schaltpläne greifen beharrlich die Eigenschaft der Gattung Mensch an, sich zu sammeln und versammeln, seine Geselligkeit, sein Bedürfnis, den Dialog mit dem andern zu führen.

Wer jedoch bei diesen Feststellungen stehenbleibt, macht es sich allzu bequem. Denn die technischen Bilder wirken nur dann in dieser Weise, wenn der *Weg zwischen Sender (Zentrale) und Empfänger nur in eine Richtung* läuft, monologisch, hierarchisch. Doch es ist möglich, den *Weg umgekehrt zu denken und zu gehen.* Die Technik jedenfalls versperrt sich dieser Umkehrung nicht, den dialogischen Wegen. Darum ist es nutzlos, die Bilder oder gar die Geräte zu kritisieren. Es ist produktiver, die Produktion der Bilder und ihre Übermittlung zu kritisieren, die Schaltpläne.

Dies könnte die Basis der Kritik sein, dies beschreibt ihre Möglichkeit und Notwendigkeit. *Das einzig sinnvolle, revolutionäre Engagement, meint Flusser, sei heute, die Fähigkeit zum Dialog zu erkämpfen oder zu erhalten, ja, zu erweitern.* Aber das ist nur möglich mit einer gewissen Kenntnis und kritischen Bejahung der zukunftsbestimmenden Technologien.

Ich schlage vor, in folgende Richtungen zu denken. Die Kulturrevolution in ihrer ganzen Wucht und Tiefe erkennen und zur Rede stellen, das heißt zum Thema machen. Die Computerkultur als eine nicht nur potentiell, sondern prinzipiell demokratische Kultur verstehen. *Technische Fragen zu politischen machen, also auch zu literarischen.* «Die Technik ist gegenwärtig eine zu ernste Sache, um Technikern überlassen werden zu können» (Flusser). In Konkurrenz zu den Bildern, im Kampf mit den Bildern (nicht gegen sie) das Potential der Phantasie der Worte neu entfalten. Das Verhältnis Mensch – Apparat neu bestimmen helfen, nicht gegen die Apparate, jedenfalls nicht gegen alle. Den Versuch einer *Allianz Technik – Intellektuelle (der Nichttechniker), um gegen die Bilder- und Informationshierarchien die «dialogischen Fäden» (Flusser) zu ziehen.*

Genau darin sind wir ja, ohne uns dessen immer bewußt zu sein, Experten. Weil die Literatur nicht teilt, nicht angleicht, sondern ein klassisches Medium des Dialogs ist. Sie hält, in den Worten von Elias Canetti, *«die Zugänge zwischen den Menschen offen»*. Die künftigen Gesellschaften, wenn sie demokratische sein sollen, brauchen massenhaft genau das Element, das u. a. der Literatur in winzigen, weil individuellen Einheiten ihre winzige, dennoch ungeheure Sprengkraft gibt.

Schön idealistisch, ich weiß, ein Traum. Ein Traum von Europa, für dessen Realisierung noch nicht alle Chancen vertan sind.

Diktatur → Freiheit

Dissidenten → Vereinigung, deutsche

Döblin, Alfred

Ein Mann solcher brüchigen Größe eignet sich für Denkmäler nicht. Anders als Thomas Mann und Brecht hat er seine Zerrissenheiten, seine Widersprüche nicht geleugnet, im Gegenteil, er hat sie mit «wohltätiger Frechheit» (J. Roth) offengelegt – und das macht ihn moderner als jene. Er ist nicht zu zerlegen in den sozialistischen, bürgerlichen, mystischen, sozialdemokratischen, anarchistischen, katholischen, den Milieu-, Familien-, Historien-, Natur- oder Stadt-Döblin. Er war nie dort, wo man ihn vermutete, er sprang aus jeder Schublade, in die man ihn stecken wollte. Da ihm keine Schreibweise fremd war und da er mit jedem neuen Buch die Erwartung seines Publikums *nicht* bediente, hat er, obwohl von so gegensätzlichen Autoren wie Brecht und Grass als Lehrer verehrt, keine Schule gemacht, keine Epigonen gefunden. Weil sich in seinem Werk das Geniale neben dem Durchschnittlichen, das Pathetische neben dem Nüchternen, die Komik neben der Andacht findet, weil er nie einseitig war und unbrauchbar für Ideologen, ist Döblin wenig geliebt worden. Er fordert seinen Lesern etwas von der Fähigkeit ab, die er im Übermaß besaß und die als typisch berlinisch gilt: Humor. «Ich bin immer gerecht nach jeder Seite gewesen, die sich nur blicken ließ. Ich habe nie versäumt, wo ich ‹ja› sagte, gleich hinterher ‹nein› zu sagen. Dies Schaukelpferd ritt ich mit Schneid und Eleganz in einer Zeit, wo jeder die Pflicht hat, eine wohlarrondierte Meinung zu exekutieren. Ich habe die Wut der Gerechten erregt: und was kann ein armer Schächer ohne Plattfüße mehr.» (1920)

Deshalb soll es im Literaturort Berlin so bleiben: fünf Straßen für Uhland, darunter eine ziemlich prächtige, und für Döblin einen Platz, der keiner ist, in Kreuzberg, und eine Nebennebenstraße in Marzahn.

Donnerstag, blauer

Ein Western mit Yul Brynner. Kurz vor 12 Uhr mittags läuft ein Schriftband über die Pferdebeine auf dem Bildschirm: «Wir unterstützen alle Aktivitäten des Friedenstags», während weiter geschossen wird. Auf dem anderen Kanal unterbricht man um 12 die Übertragung des Cricket-Länderspiels der Südafrikaner gegen Sri Lanka für fünf Minuten. Im Studio gedenken einige Sportler und Redakteure der Opfer der politischen Gewalt. Der dritte Kanal, den ich im Hotel empfangen kann, sendet seit einer Stunde die Friedensappelle der Politiker fast aller Parteien. Immer wieder läuft der Videoclip mit Sängern aller Hautfarben, eine neue Hymne auf ein friedliches Südafrika, immer wieder zeigt man Leute aller Hautfarben und Religionen, die den einen Wunsch äußern: Peace.

«Blauer Donnerstag» in Johannesburg im September.

Im Hotel trägt das Personal schmale blaue Streifen auf dem Revers. Unten auf der Straße Angestellte der Stadtverwaltung, Schulkinder mit ihren Lehrern, Krankenhauspersonal, Bankleute, Putzfrauen, Passanten, Hand in Hand. Für längere Ketten sind es zu wenige Menschen. Die meisten Autofahrer halten an. Nach einer Minute Schweigen hört man bis ins 23. Stockwerk hinauf Singen und Hupen, Hunderte gelber Luftballons steigen vor dem Rathaus in den blauen Himmel auf, ein Düsenjäger der Air Force zieht einen kreisrunden Kondensstreifen über der City. Das Hupen und Singen geht weiter, über die fünf vereinbarten Minuten hinaus, und im Fernsehen verkündet Michael Jackson: «Heal the world.»

Südafrika hat die frommen Wünsche nötig. Das Land hält den Weltrekord der Verbrechen pro Einwohner, gefolgt von St. Lucia und Ecuador. Der Großraum Johannesburg liegt noch einmal weit über dem Landesdurchschnitt. Zum erstenmal gelingt es einer PR-tüchtigen Initiative, für einige Minuten andere Zeichen zu setzen. Die Menschen auf der Straße, so kann man am nächsten Tag immer wieder hören, fühlten sich für kurze Zeit von einem Alpdruck befreit. Als Sensation des Tages gilt: Auf Johannesburgs Straßen wurden wieder einmal lachende, entspannte Gesichter gesehen.

Schwarz und weiß einigten sich für einen Moment auf den kleinsten gemeinsamen Nenner. Auffällig die Mahnung an den inneren Frieden, den man in sich selbst finden müsse. Man vermeidet es, gleichzeitig von Freiheit und Gerechtigkeit zu sprechen. Darum haftet den Friedensrufen und Appellen der Kitsch der Propaganda an. Und doch ist die Erleichterung über den Erfolg der fünf Minuten Frieden allgemein. Ein Anfang, sagen die einen. Eine Ausnahme, die anderen. Immerhin kommt es in den Townships, wie man am nächsten Tag lesen kann, zu Verbrüderungen zwischen verfeindeten Gruppen, die Zahl der Morde sinkt an diesem 2. September auf vier. Aber alle scheinen zu wissen, daß dies nur eine Atempause ist. Die große Welle der Gewalt wird vor Weihnachten erwartet, und noch einmal vor den Wahlen im April.

Mir sagt man: Geh besser nicht spazieren in der Stadt, nein, auch nicht am Tag. Nur einmal befolge ich den Rat nicht: an diesem «blauen Donnerstag». Normalerweise laufen die Passanten mit raschen, zielsicheren Schritten aneinander vorbei. Abends gibt es in der Riesenstadt Johannesburg noch drei oder vier Inseln, die als sicher gelten, wo man in einer Kneipe sitzen und die realen wie die eingeredeten Ängste vergessen könnte, wenn dies nicht das Thema aller Gespräche wäre. Das sind die neuen Homelands für die wenigen hundert Leute, die abends noch ausgehen. Man springt eilig von einem Reservat relativer Sicherheit zum anderen. Die Wege zum Auto sind kurz.

Einheit, deutsche

Selten, behaupte ich, waren die Zeiten für Schriftsteller so günstig wie heute. Nicht in jedem Jahrhundert war es den aufmerksameren Leuten vergönnt, ein Gesellschaftssystem ohne Krieg zusammensinken zu sehen und seine Vereinigung mit einer stärkeren, anders verfaßten Gesellschaft zu beobachten, also, um von Menschen zu reden, die groben oder feinen Brüche der Lebensläufe und Lebensrhythmen, der Gewohnheiten und Orientierungen wahrzunehmen und des näheren zu beschreiben. Was für Niedergänge und Aufstiege, was für Aufbrüche, Rivalitäten, Entmutigungen, Lügen, Ermutigungen, Depressionen, Nostalgien, Einsichten! Was für rebellische oder stille Unterwerfungen, was für Aktivitätsschübe und Passivitätsmuster in einer immer weniger eindeutigen Wirklichkeit – überall, wohin man schaut, wenn man schaut.

Selten war die Intelligenz so gefordert wie in dieser immer weniger friedlich, immer weniger legal sich verändernden Gesellschaft, bislang ungewohnte Kontraste zwischen Befreiung und Verelendung zu erfassen. Überall sind die vielen kleinen Komödien oder Tragödien zwischen politischem Betrug und Selbstbetrug, sind Nuancen zwischen eingebildeter und wirklicher Aussichtslosigkeit, zwischen Befreiung und Belastung zu erspüren, überall, ich spreche von der Literatur, wäre neues, unerhörtes Material, das buchstäblich auf der Straße liegt, zu sehen, aufzuheben und zu bearbeiten.

Ich weiß, Sujet, Material, Thema machen den geringsten Teil der literarischen Kunst aus, das einzige Kriterium ist das Subjekt, also die Sprache. Aber die neuen Verhältnisse müßten auch die Sprache beleben, entkrusten, verändern, radikalisieren. Ich fühle ziemlich genau, was ich als Autor dem Fall der Mauer zu verdanken habe, bis in die Sprache und in den Stil hinein. Kurz, soviel Spannung war nie, und *die* Schriftsteller sind gut dran, die ihre eigenen Spannungen auf die allgemeinen Zerreißproben zu projizieren verstehen.

Was hat mich nach Ribbeck getrieben? Nicht nur das ergiebige Motiv, nicht nur die reiche Sprache der Ribbecker, nicht nur das klare Bewußtsein, in einer einmaligen historischen Situation Chronist, Medium zu sein für die aus jahrzehntelanger Sprachlosigkeit befreiten Leute. Es war nicht zuletzt der Widerwille gegen das

Gerede über die deutsche Einheit, auch das hochintelligente Gerede in intelligenteren Blättern und Kanälen. Widerwille gegen Gewißheitslümmel, gegen Meinungsinflation, Wichtigkeitsgespreize. Auf dem Dorf die eigene Meinung zurücknehmen, einklammern, dafür ausgiebig zuhören und mit Anschaulichem belohnt werden – in Ribbeck fanden sich fast alle «Probleme» der deutschen Einheit, der deutschen Geschichte um die Birnbäume herum.

Einheitsgewinnler

Staunende Gesichter, wenn ich außerhalb Berlins erzähle, daß der Fall der Mauer auch für die Westberliner eine Befreiung war. In den 60er Jahren nahm ich die Mauer als gegeben hin, in den Siebzigern wurde sie mir lästig, in den 80er Jahren ärgerlich. Plötzlich ohne Kontrollen, ohne Paß in die naheliegenden Landschaften eingelassen zu werden, dieser Gewinn war, ganz subjektiv, der größte (die vielen Fahrten 1990 nach Ribbeck auch, um sich der Wirklichkeit dieser Traumerfüllung zu versichern). «Die Aufhebung der Grenze zwischen den beiden deutschen Staaten bedeutete die Aufhebung einer psychischen Spaltung ...», so, hier in aller fahrlässigen Kürze zitiert, der Psychoanalytiker Hermann Beland.

Erfolgsgeheimnis

Ihr Erfolgsgeheimnis? – Nicht Sieger sein wollen.

Erotik → Bildbeschreibung

Ersatzreligion

Seit die so genannte Krise der Werte und Religionen

sich im 20. Jahrhundert dramatisch steigerte, hatten die Deutschen, nachdem die Rassenreligion sich als Katastrophe erwiesen hatte, eine brauchbare, produktive Ersatzreligion gefunden. Den Glauben an die Marktwirtschaft, an Angebot und Nachfrage, an die Vernunft der Ökonomie, an das Kapital, an die Gerechtigkeit des Geldes, kurz: an den guten Kapitalismus. Mit dem religiös eingefärbten Wirtschaftswunder der fünfziger und der Sozialpolitik der sechziger Jahre wurde der Segen dieser Ökonomie offenbart, wurden ihre Dogmen, urbi et orbi, sakrosankt. So schnell wie diese hat keine andere Religion die Welt erobert, und das Ende des Sozialismus 1989 wurde zum größten Gottesdienst aller Zeiten.

Heute, scheint mir, sind die Deutschen dabei, ihren Glauben zu verlieren. Man muss sich nur umhören.

Ein Unternehmensberater: Das Shareholder-value-Denken macht die Leute der Wirtschaft blind, sie sehen nur noch Zahlen, werden dabei immer ratloser, ja dümmer, auch die Spitzenkräfte. Eine Werbeexpertin: Nach dem 11.9. gab es weniger Werbung, das änderte aber nichts an den Verkaufszahlen vieler Produkte, nun ist die eitle Branche gelähmt von der Ahnung, dass Werbung im Grunde überflüssig sein könnte, eine tiefe narzisstische Kränkung. Jede Woche kann man lesen, wie die höchsten Manager die einfachsten Regeln des Wirtschaftens nicht mehr beherrschen. Die Krisen sind fast immer Folgen des Größenwahns. Ob bei Kirch oder auf dem neuen Markt, ob in der Automobil- oder Telekom- oder Energie-Branche. Subventionen beschleunigen die Arbeitslosigkeit. Nicht nur Sozialdemokraten verzweifeln, weil jede Freundlichkeit gegenüber der Wirtschaft mit der Verweigerung von Steuern und der Streichung von Arbeitsplätzen bestraft wird. Kleinaktionäre, weil man ihnen weisgemacht hat, sie dürften an die Börse glauben wie Kinder an den Osterhasen. Gleichzeitig weiß jeder Zeitungsleser, dass die Globalisierung, wie sie derzeit betrieben wird, die Gegensätze zwischen Reich und Arm, auch hierzulande, beschleunigt. Und dann liest man, dass nicht einmal die Deutsche Bank trotz Milliardengewinnen und Mini-Steuerzahlungen zufrieden sein darf und brutal sparen muss, weil angeblich ihr Börsenwert zu niedrig ist. Die pragmatische Vernunft der Ökonomie – daran glaubt heute kein vernünftiger Mensch mehr.

Dazu kommt, dass die Wirtschaft den Staat unterminiert und entmachtet. Korruption und Selbstbereicherung gab es immer, aber nie so skrupellos und gigantisch wie heute. Die großen Firmen und reichen Leute zahlen fast keine Steuern mehr. Deutschland ist verglichen mit den meisten Ländern der EU ein Steuerparadies geworden. Die Banken strangulieren die öffentlichen Hände mit Zinsen, die diese sich selbst eingebrockt haben. Die mächtigsten Politiker, egal welcher Partei, haben keinen Spielraum mehr. Selbst ein neuer Bundeskanzler würde nichts ändern.

All das hat den durchschlagenden Effekt einer Lähmung, einer Massendepression. Nach der Krise der Religionen erleben wir nun eine Krise der Ersatzreligion des guten Kapitalismus, und ich habe den Eindruck, dass das den Leuten aufs Gemüt, auf die Psyche schlägt. In Deutschland mehr als anderwo, weil wir hier noch am ehesten den guten, sozial abgefederten Kapitalismus gewöhnt waren.

Während die Dogmen unserer Ersatzreligion weiterhin in Sonntagsreden verkündet und in der Wirtschaftspresse gedankenlos nachgeplappert werden, hat die Depression längst die meisten deutschen Gemüter erreicht. Wer heute mit Managern oder Fotografinnen, mit Kleinunternehmern oder Beamten, mit Putzfrauen, Lehrern, Politikern, Ärzten oder Journalisten spricht – überall der gleiche Tenor: so geht es nicht weiter, aber wie geht es weiter. Die Leute bangen nicht nur, wie früher, um Arbeit, Lebensstandard, Bildung, Rente. «Die Menschen fühlen, dass ihre Stimmen nichts mehr zählen», sagt Susan George.

Nicht das notwendige Sparen zerstört die Gesellschaft, sondern der Reichtum, der immer weniger verteilt wird. Der Glaube an die so genannten Selbstheilungskräfte der Wirtschaft schwindet, und mit ihm Leistungskraft und Selbstbewusstsein. Offen wird kaum darüber gesprochen, nicht einmal in den sonst so emsigen Feuilletons, denn die Marktwirtschaft ist kompliziert – und außerdem ein Tabu. Schon traut sich niemand mehr, das Wort Marktwirtschaft mit dem alten Attribut «sozial» zu verbinden. Noch weniger, den Begriff zu benutzen, der die neue ökonomische Lage am genauesten trifft: Kapitalismus. Auch hier müssen wir offenbar wieder einmal von den Amerikanern lernen, zum Beispiel von Benjamin Barber. Dieser ist kein Systemkritiker, obwohl sich seine Sätze so anhören, er hat Präsident Clinton und Bundespräsident Herzog beraten. Er sagt: «Meiner Ansicht nach ist der Kapitalismus im Niedergang begriffen ... Globalisierung bedeutete die Internationalisierung der Wirtschaft, aber nicht die der Demokratie. In der Welt gibt es also jetzt einen Kapitalismus ohne Demokratie, einen wilden, rohen Kapitalismus ohne Regulierung. Das unterminiert letztlich den Kapitalismus selbst ... mit einem verheerenden Effekt auf die menschliche Psyche.»

Europa → Arbeit → Berlusconi, Silvio

Faschismus → RAF

Feindbild → Herbst, deutscher

Feldherrnhügel

Es scheint ein beliebtes Gesellschaftsspiel zu werden, sich heute auf den Feldherrnhügeln der Laptops über einen behelmten und tretenden Demonstranten des Jahres 1973 zu erregen und erheben. Die schreckliche gewaltsame Atmosphäre jener Jahre zu verschweigen und, nur ein polemisches Beispiel, Befürworter der Gewalt wie die Mehrheit der Christdemokraten, etwa im Fall Chile, zu vergessen – so weit sollte die fröhliche Verletzung journalistischer Sorgfaltspflichten vielleicht doch nicht gehen.

Fernsehen

Keine Frage, dass es mit dem Fernsehen abwärts geht. Die durchschnittliche Fernsehnutzung sinkt, was vor allem dem Internet zu danken ist, bald sind es nur noch zwei Stunden pro Tag und Zuschauer. Ich gehöre nicht zu denen, die das bedauern. Aber ich bedauere, dass das ZDF den Vorwurf der Marktforschungsidioten offenbar ernst nehmen muss, dass seine Zuschauer im Durchschnitt 58 Jahre alt seien. Und als alter 58er bedauere ich neben der unaufhaltsamen Verödung des Programms das Malträtieren der Sinne. Lag vor 25 Jahren die Schnittfolge noch bei 15 Sekunden pro Einstellung, liegt sie heute unter fünf Sekunden, auch diesen Schwachsinn verdanken wir der Fernbedienung. Und wenn wir bald alle drei oder zwei Sekunden die Augen neu justieren müssen und die Anstrengung vor dem Bildschirm nur noch für die Sinne der Jugendlichen auszuhalten ist, die nur deshalb nicht abschalten, weil sie noch nicht so lange gequält worden sind, dann scheint das Ideal, die totale Implosion erreicht, aber das wird die Fernsehräte auch nicht aus dem Schlaf wecken. Allen gruselt es vor dem Wort «Minderheit», dabei gibt es außer «Wetten, dass ...» sowieso nur noch Minderheitenprogramme. Mit der Fixierung auf die Quote verkleinert das öffentlich-rechtliche Fernsehen von Tag zu Tag seine Möglichkeiten und schafft sich, ich übertreibe, tendenziell selber ab. Und die Fernsehmacher selbst sind, wohin man schaut, mehr entmutigt von der eigenen Bürokratie, die durch die neue Variante der McKinsey-Bürokratie nur verschlimmbessert ist, als vom Lauf der Welt, das will was heißen im Jahr 2001, 2002! Kurz, die Erosion ist nicht aufzuhalten, es sei denn ...

Rettung weiß ich nicht, aber doch Hilfe gegen die gröbsten Niedergänge. Lachen Sie nicht, wenn ich im Hause Gutenbergs Hölderlin zitiere: Was bleibet aber, stiften die Dichter. Mal ganz im Ernst: Vor lauter Fixierung auf Quoten, Marktanteile und die Diktatur der Verwaltung droht der Sinn für die Realitäten verloren zu gehen, und zu diesen Realitäten gehören die riesigen Schätze an Phantasie und Kreativität, die u. a. bei den Autorinnen und Autoren auch für das Fernsehen zu heben wären. Was unsere Literatur zu bieten hätte, wird von Ignoranz und Vorurteil dramatisch unterschätzt. Ähnliches gilt für den Film, das Theater, vielleicht auch für die zwei oder vier Philosophen. Sicher ist nur, dass die Zeit des Medienwachstums vorbei ist und dass das Fernsehen, wenn es bestehen will, in zehn oder fünfundzwanzig Jahren die Innovationskraft der Basiskunst Literatur noch mehr brauchen wird als heute.

Freiheit

(Nicolas Born, Julio Cortázar, Viktor Šklovskij. Pause beim Skatspiel)

ŠKLOVSKIJ Eins muß ich meinem Land wirklich vorwerfen.

BORN Nur eins?

ŠKLOVSKIJ Daß wir es verpaßt haben, die Coca-Cola zu erfinden.

CORTÁZAR Verstehe. Der Cola-Imperialismus.

ŠKLOVSKIJ Hätten wir Cola exportieren können, hätten wir weniger Soldaten und Panzer schicken müssen, Beispiel Afghanistan.

BORN Das leuchtet ein.

CORTÁZAR Können wir nicht weiterspielen?

ŠKLOVSKIJ Kleine Pause, bitte.

BORN Habt ihr nichts anderes für den Export?

ŠKLOVSKIJ Nichts! Fast siebzig Jahre nach der Revolution noch kein Massenprodukt, nach dem sich die Menschheit die Finger leckt!

CORTÁZAR Wodka.

ŠKLOVSKIJ Versteht ihr, was das für eine Mentalität ergibt: nichts exportieren, nichts vorzeigen können, immer importieren?

BORN Aber Schriftsteller exportiert ihr doch.

ŠKLOVSKIJ Jedenfalls brauchen wir keine zu importieren.

CORTÁZAR Wer weiß, vielleicht werden die Schriftsteller bald in die Diktaturen auswandern. Wo man die Literatur noch zu schätzen weiß. Die Behörden, die sie verbieten, und die Leute, die sie heimlich lesen – man liebt die Literatur, sie ist unentbehrlich.

ŠKLOVSKIJ Die Stellvertreterkriege auf dem Feld der Künste.

CORTÁZAR Wo sie verfolgt wird, zeigt sie ihre großen Kräfte, die Literatur. Eher als auf dem freien Markt.

BORN Ihr habt gut spotten mit euren Diktaturen.

CORTÁZAR Neidisch?

BORN Nein danke.

ŠKLOVSKIJ Ich frage dich, was macht man in deinem Land ohne Zensur? Einer der rund fünfundzwanzig Staaten der Welt, in dem das Recht auf freie Meinung einigermaßen geschützt ist?

BORN Mal vorweg: Wenn du als Bundesbürger die Bundesrepublik aus diesem guten Grund ein freies Land nennst, hält man das für Hohn oder für ein schlimmes Zeichen von Anpassung.

ŠKLOVSKIJ Aber es stimmt doch, daß man bei euch die Freiheit hat und den Reichtum dazu!

BORN Man wird dir antworten mit dem Druck auf die Köpfe in den Sendeanstalten und mit der wachsenden Armut.

ŠKLOVSKIJ Aber das Grundrecht!

BORN Mußt du mir nicht sagen.

CORTÁZAR Diese ewige westeuropäische Jammerei! Die haben doch ein Literaturparadies, vergleichsweise.

BORN Einen Park, sagen wir mal.

Frieden, zwölfjähriger

Die Deutschen werden zur Kenntnis nehmen müssen, dass unser schöner zwölfjähriger Frieden (vom 9. 11. zum 11. 9., von 1989 bis 2001) zu Ende ist. Die Ahnung davon schwebt seit dem 11. September durch unsere

Köpfe, aber die bittere Wahrheit dieser Ernüchterung will, so scheint mir, unser Bewusstsein noch nicht richtig annehmen. Wir werden uns, wenn Howard und die anderen Experten auch nur halb Recht haben sollten, auf ein jahrelanges kriegerisches Unentschieden einstellen müssen. Es wird in absehbarer Zeit keine Sieger geben, jedenfalls nicht gegen den Terror des Religionsfaschismus.

Von diesem Punkt, versuchte ich zu sagen, müsste die Politik heute ausgehen. Wie leben wir mit diesem kriegerischen Unentschieden? Was können die Deutschen, die Europäer tun, um neben den militärischen auch mit zivilen Beiträgen den Terror und die Ausweitung des Terrors einzudämmen? Arbeit für eine gerechtere Weltwirtschaftspolitik und bessere terms of trade, substanzielle Hilfe für die Hungernden, das wäre selbstverständlich. Vor allem mit einer großen Bildungs- und Kultur-Offensive, wie sie Michael Naumann vorgeschlagen hat. Nicht nur hierzulande, ebenso in den islamischen Ländern, wo die Goethe-Institute einen dreifachen, zehnfachen Etat brauchen, usw., usw.

Das mag, und das sagte ich nicht mehr, lächerlich klingen, aber was hilft sonst gegen die militanten Religionskämpfe als Bildung, Aufklärung, Freiheit, Weltkenntnis («Wer nicht liest, kennt die Welt nicht», Arno Schmidt)? Das reicht nicht gegen den aufkommenden Religionsfaschismus, aber ohne solche Offensiven verlieren wir «den Kampf um *hearts and minds*» (Howard): «Die Frontlinie in diesem Kampf ist nicht in Afghanistan. Sie liegt in den islamischen Staaten ... und verläuft auch durch unsere eigenen Straßen.»

Fritz, unser aller

Fast wäre er nicht Fritz Walter geworden. Kaum jemand kennt die Geschichte: Ungarische Militärs retteten den Kriegsgefangenen Walter, weil er gut Fußball spielte, vor der russischen Gefangenschaft. Sibirien hätte er nicht überlebt – oder wäre als Wrack oder erst nach der Weltmeisterschaft 1954 zurückgekommen. Ein paar Jahre nach seiner Rettung stürzte er mit seinen Mannen die Ungarn aus dem Fußball-Himmel. So viel zu den verdrängten Dramen der Nachkriegszeit.

Über das 3 : 2 von Bern und seine Bedeutung für die junge Bundesrepublik ist mittlerweile viel geschrieben, gesagt, geschwatzt worden. In diesen Tagen, nach Fritz Walters Tod, blühen die Klischees besonders üppig. Ein Aspekt wird dabei gern übersehen: Der Sieg von 1954 hat den Deutschen nicht nur Selbstvertrauen geschenkt. Er hat ihnen auch den Glauben vermittelt, sie hätten eine Art moralischen Anspruch auf den Weltmeistertitel. Die Illusion, eigentlich seien sie die Besten. Verlieren können, das gehört nicht zu den neuerdings wieder bemühten deutschen Tugenden.

Fritz Walter war da bescheidener. 48 Jahre thronte er auf dem Fußball-Olymp, zum Mythos gemacht, zum Mythos erstarrt. Hofiert, umschmeichelt, benutzt – unser aller Fritz. Immer mit Siegerlächeln, immer nett, auch wenn er seine Geschichte, die dramatischen Minuten von Bern, zum tausendsten Mal erzählen musste. Für mich ein Phänomen, weil er – anders als Heroen wie Werner Liebrich – von seiner immer gleichen Starrolle niemals die Schnauze voll zu haben schien: als der Fußball-Gott zum Anfassen.

Fußball

Zu den Bildern des europäischen Fußballs, die länger als eine Saison haltbar sein werden, gehört mit Sicherheit dieses: Francesco Totti, der am meisten umschwärmte Star und Kapitän des AS Roma, steht auf dem Spielfeld fast nackt, in blendend weißen Unterhosen. Fassungslos, verlegen lachend, verschreckt und doch nicht ganz unglücklich schaut er zu seinen Mitspielern. Die meisten stehen ebenfalls mit nacktem Oberkörper da und ohne die weinroten Hosen, einige sogar ohne Schuhe, Stutzen, Strümpfe. Die entscheidende Partie gegen den AC Parma ist noch nicht zu Ende, Rom führt 3 : 1. Mehr als über das Ergebnis scheinen die Spieler sich zu freuen, dass sie noch am Leben sind.

Wenige Minuten zuvor, kurz nach dem dritten Tor, hatte ein Inferno begonnen, das in deutschen Stadien unvorstellbar ist und darum gerade hierzulande der lehrreichen Anschauung dienen kann. Der Sieg der Römer war endlich sicher, kaum acht Minuten bis zur lange erträumten, lange umkämpften Meisterschaft, als nach dem Pfiff eines Polizisten, der die ans Spielfeld drängenden Fans zur Ordnung rufen wollte, das größte denkbare Chaos entstand. Die Fans, die den ersten Zaun schon überwunden hatten, hielten den Pfiff für den Schlusspfiff des Schiedsrichters oder wollten ihn dafür halten und stürmten auf das Feld. Dreihundert, vierhundert junge Männer rannten über den Platz. Schwarz von Menschen der Rasen des Olympiastadions. Das Unglaubliche wurde noch unglaublicher, als sich die schnellsten dieser Fans auf die Spieler stürzten. Was als gewaltsame Umarmungen aus Freude über den Sieg begann, entwickelte sich sofort zu wilden Ringkämpfen, die Kameras zeigten es aus der Nähe:

mehrere Burschen fielen über einen Spieler her und kämpften zugleich gegeneinander. In wenigen Sekunden steigerte sich alles zu simultanen Laokoon-Gruppen mit entsetzlichen Verstrickungen der Glieder, bis die Helden im Gewühl untergingen und man nur noch Haufen von tretenden, drängelnden, prügelnden Fans sah.

Wir, am Fernsehschirm, fürchteten um das Leben der Totti, Montella, Battistuta und der anderen, saßen starr vor Schrecken und glaubten sie erschlagen, totgetrampelt. Es dauerte lange, bis die Fanatiker, die potenziellen fahrlässigen Totschläger der Spieler und die Saboteure der Meisterschaft (AS Roma hätte wegen dieses Zwischenfalls disqualifiziert werden können) vom Spielfeld gedrängt werden konnten und die Helden wieder auferstanden: in Unterhosen. Sie schienen, welch ein Wunder, unverletzt. Sie zeigten sich wieder: gerettet, aber im schönen Trikot der Lächerlichkeit. Die Kameras zoomten immer wieder auf die nackten Füße des Torwarts.

Während mindestens 250 000 Fans, darunter 100 000 Kinder das Hemd TOTTI 10 tragen, wartet Totti, bis man ihn und seine Mitspieler neu einkleidet – und bis wir die grandiose Ironie dieses Vorfalls bemerken. Die kickenden Millionäre auf dem Spielfeld nackt, und die armen Schweine der Süd- oder Nordkurven schwitzen in ihren Synthetik-Trikots und Schals. Der Reliquienglauben, der dem Fanartikelmarkt die erstaunlichsten Umsätze beschert, ist in den katholischen Fußball-Ländern Lateinamerikas und Südeuropas stärker ausgeprägt als bei uns. Mit der Reliquie wird der Heilige einerseits privatisiert, andererseits zur Ware.

Die Konsequenz der Verehrung: der Fan, wenn er von

der Polizei nicht gehindert wird, killt das Spiel. Wenn endlich auch die Unterhosen nicht mehr werbefrei sein dürfen, werden sich die Spieler gegen ihre mögliche Kastration versichern lassen.

→ Weltmeister

Gedichte, politische

Bekanntlich wurden um 1970 viele politische Gedichte in ähnlicher Weise wie die «Moritat auf Helmut Hortens Angst und Ende» geschrieben und veröffentlicht. Namen wie Kiesinger, Lübke, Strauß, Krupp, Flick und etliche Male auch Horten tauchten damals in unzähligen Gedichten auf, die gewiß keine Ruhmesgedichte waren, weder für die Genannten noch für die Autoren. Im Gegensatz zu den meisten politischen Gedichten von damals wurde meine Moritat in den letzten Jahren mehrmals nachgedruckt. Das ist wahrscheinlich nicht der Attraktivität des Namens Horten zu verdanken, sondern dürfte an gewissen künstlerischen Qualitäten liegen. Wäre die Moritat nämlich eine Schmähschrift oder all das Furchtbare, was sie nach Ansicht der Gegenseite sein soll, dann wäre sie mit Recht längst vergessen, dann hätten auch Helmut Hortens Informanten sie niemals im «Großen Deutschen Balladenbuch» des angesehenen Athenäum Verlags finden können. So gereicht es mir also im Jahr 1980 zum Nachteil, daß mein Gedicht den literarischen Moden der letzten zehn Jahre standgehalten hat. Oder anders gesagt: *wegen* seiner literarischen Qualität kann das Gedicht überhaupt verboten werden – und nun muß es verboten werden.

Diese absurde Situation ist der Gegenseite durchaus bewußt. Da das Gedicht – nicht nur für mich – inzwischen historisch geworden und in die neuere Literaturgeschichte gewandert ist, da es inzwischen in meinem Gedichtband «Ein Bankier auf der Flucht» zehntausendmal und in diversen Anthologien zigtausendmal verbreitet ist und außerdem durch dieses Gerichtsverfahren noch eine Weile vor der Vergessenheit bewahrt ist, da die Bekanntheit des Gedichts also weder von Herrn Horten noch von seinen Anwälten, noch vom Rotbuch Verlag, noch von mir beim besten Willen rückgängig zu machen ist, steckt die Gegenseite in einer heillosen Zwickmühle. Je mehr sie gegen das Gedicht unternimmt, desto mehr erreicht sie den von ihr bekämpften Effekt. Je mehr sie das Gedicht «in die Versenkung», wie es im Schriftsatz heißt, zu drücken versucht, desto mehr steht es im Licht der Aufmerksamkeit – wie auch immer dieses Verfahren ausgehen wird. Die einzige Möglichkeit der Gegenseite, sich aus dieser tragikomischen Verstrickung zu befreien, besteht darin, den Text und die Eigenart des Gedichts beiseite zu schieben und statt dessen immer gewaltigere Paragraphen-Geschütze aufzufahren, um ihr prozessuales Anliegen, das man intern wahrscheinlich längst für fragwürdig hält, wenigstens nach außen hin plausibel zu machen. Denn je dicker die Schriftsätze, desto weiter rückt der eigentliche Anlaß weg, rücken die vier oder fünf strittigen Wörter weg, um die es hier geht.

Ich sage das nicht, weil ich der Gegenseite das Recht auf Gerechtigkeit absprechen möchte. Nein, ich sage das allein aus der Sorge, daß bei diesem aufwendigen und unglücklichen Unterfangen die Literatur bzw. der literarische Kern dieses Verfahrens verwischt und vergessen wird. Journalisten reden hier gern von der Gefahr für die Freiheit der Literatur. Ich meine, es geht zunächst um etwas viel Einfacheres, es geht um das

Wahrnehmen von Literatur. Es geht um die schlichte Fähigkeit zu lesen und die Fähigkeit, die Intention eines Autors aus dem Text heraus zu begreifen und nicht aus einer persönlichen Beleidigtheit. Die persönliche Betroffenheit über ein Stück Literatur mag zu einem intensiven Leseerlebnis führen, für die Beurteilung dieses Stücks Literatur jedoch ist damit noch kein Maßstab gewonnen.

Die Geschichte der Literatur ist voll von Konflikten der Art, wie sie heute hier verhandelt wird. Diese Konflikte sind je nach Epoche und Gesellschaftsordnung mit verschiedenen Mitteln gelöst worden, mal mit Verhaftungen, mal mit Drohungen, mal mit Verbannungen, mit Verordnungen oder mit ökonomischen Mitteln, neuerdings mit ordentlichen Prozessen. Oft aber sind sie überhaupt nicht gelöst worden, und das hat sich fast immer als weise herausgestellt. Wo Literatur mit außerliterarischen, also auch mit juristischen Maßstäben bewertet wurde, haben sich diese Bewertungen im nachhinein fast immer als kurzsichtig herausgestellt. Diese Konflikte sind wohl nur damit zu lösen, daß man sie bewußt offen läßt.

Deshalb fordern wir Schriftsteller keine Sonderrechte für die Literatur. Aber wir können, meine ich, eine prinzipielle Anerkennung der Eigenart der literarischen Kunst beanspruchen, die, wie unter gebildeten Menschen bekannt, sich nicht auf die Eindeutigkeit des üblichen Sprachgebrauchs reduzieren läßt. Wo diese Anerkennung fehlt, beanspruchen wir wenigstens Schutz vor jenem Abgrund an militanter Ahnungslosigkeit, Schutz vor jenen Leuten, die sich weigern, zur Kenntnis zu nehmen, daß es die Literatur nicht gäbe ohne das Stilmittel der Übertreibung, und Schutz auch vor denen, die Literaturprozesse anstrengen ohne Kenntnis der deutschen Grammatik, in der die Form der Aufzählung wahrlich nichts Ungewöhnliches ist.

→ Horten, Helmut

Geschichte

«Ehrlich gesagt, ich beneide euch um eure Geschichte, auch die schaurige», sagte ein Freund aus der Schweiz, mit dem ich an einem kalten, sonnigen Wintertag um den Lietzensee im westlichen Berlin spazierte. «Die deutschen Katastrophen, Verbrechen und Turbulenzen der letzten hundert oder zweihundert Jahre haben euch allen, haben jeder Familie tragische, krumme und verrückte Geschichten beschert, aus denen ihr Autoren nur zu schöpfen braucht. Jeder Weltkrieg eine Fundgrube, der Kalte Krieg eine noch unerschlossene Goldmine, jeder deutsche Großvater literaturtauglich, jeder Vater ein Fanatiker oder ein Feigling oder beides – und dann die deutschen Frauen, wie viele Widersprüche, wie viel unentdeckte Geschichtslasten in ihnen schweben!»

Ja, es stimmt, wir leben in einem Schlaraffenland für Schriftsteller, für Publizisten und Historiker – und für Hysteriker. Bei uns ist immer was los. Bei uns wird keiner die Geschichte los. Wir gönnen uns keine Ruhe beim Streit um die Vergangenheit. Wir sind auf historische Dramen abonniert. Die Politik regiert in alle unsere Biographien hinein. Jeder Deutsche jeder Generation ist auf jeweils andere oder doch wieder ähnliche Weise von der Geschichte geprägt, berührt, erhoben und geschlagen – oder hat, in kleinerer oder größerer Rolle, an irgendeinem Rädchen mitgedreht.

Der See war zugefroren, wir erholten uns an der klaren kalten Luft, und um uns herum tobte die Debatte um die jüngste Geschichte der Bundesrepublik. Nach dem Historikerstreit der achtziger Jahre, dem Vereinigungsstreit der frühen neunziger, dem Stasistreit der mittleren neunziger, dem Walser-Bubis-Streit der endneunziger Jahre nun der neue Historikerstreit über 1968. Wenn wir nicht selber gerade Geschichte machen, streiten wir um Geschichte. Keine Gelegenheit wird ausgelassen, mit viel Aufregung, Pathos und Druckerschwärze um die eine oder die andere Vergangenheit zu debattieren. So viel Historie, die uns keine Ruhe lässt, weil so viel Blut daran klebt oder weil sie nicht platt mit Plus oder Minus zu bewerten ist.

➔ Potsdamer Platz

Gesellschaftsspiele, intellektuelle

Da man Banalitäten möglichst kurz abhandeln sollte, möglichst in einem Satz, möchte ich,

obwohl ich den intellektuellen Gesellschaftsspielen immer weniger Reiz abgewinnen kann, in denen Intellektuelle Intellektuellen vorwerfen, intellektuell versagt zu haben, wobei als Intellektuelle immer die andern, die angeklagten Intellektuellen gelten, nie oder selten die sprechenden, Vorwürfe formulierenden Intellektuellen, und auch in der Variation für Fortgeschrittene nur zwischen linken und rechten Intellektuellen oder zwischen früherem und gegenwärtigem intellektuellem Versagen unterschieden wird, während alle Spielteilnehmer seltsamerweise darin einig sind, daß Intellektuelle niemals intellektuell versagen dürfen, also das Richtige zum richtigen Zeitpunkt mit ganzer Potenz zu sagen und/oder zu tun haben, wobei unter «versagen» alles oder nichts auf einer je nach

Standort auf dem Spielbrett neu definierten Moralskala verstanden wird, etwa: zu weit rechts zu sein, zu blind links zu sein, nichts gesagt zu haben, zu laut getönt zu haben, übertrieben zu haben, usw., also einer nicht näher bezeichneten Verpflichtung zum Rechthaben nicht gerecht geworden zu sein, usw.,
und obwohl ich den Debatten über das rechte Linkssein und das linkische Rechtssein noch schwerer als in früheren Zeiten zu folgen vermag, als es mir schon kaum gelang, etwa die KPD/ML, die DKP, die RAF, Buchstabenlinke, Dogmenwachhunde usw. schlankweg als «links» anzuerkennen, was mich im Hinnehmen von Mißverständnissen einigermaßen abgehärtet hat (früher von Maoisten als DKPist, von DKPisten als Maoist, von RAFlern als bürgerlicher Liberaler und von gutbürgerlichen Anwälten als RAFler klassifiziert zu werden, hat ähnlich belebende Wirkung wie heutige Anwürfe, wenn sie fast gleichlautend von «FAZ» und «konkret» kommen), und heute eher der Umkehr der einfachen Formel von Cohn-Bendit zuneige, die vielleicht mit einigen Gedanken von André Gorz anzureichern wäre: «Den Rechten ist das Leid der Welt gleichgültig. Sie sind Egoisten.», was freilich ein Zusatzkapitel über den linken Egoismus erfordert, usw.,
kurz, in einer Situation, in der niemand, der seine Sinne beisammen hat, behaupten kann, den Durchblick oder gar den Überblick zu haben, in einem Welt- und Kopfzustand, da vieles aus guten, vieles aus unguten Gründen kippt, bricht, schleudert, wankt, da man allenthalben soziale Klonierung und politischen Rinderwahnsinn diagnostiziert und gleichzeitig vor der Hektik einer neuen (negativen? implodierenden?) Gründerzeit zu bestehen hat, usw.,

kann einer, dessen Arbeit es ist, zwischen zwei Punkten mit möglichst wenigen Wörtern möglichst viel Sinn zu speichern, usw.,
und, gerade im zunehmenden medialen Schwindel, möglichst viel von der Tradition des radikalen (also: nichtegoistischen) Denkens weiterzureichen und den rechtslinksfixierten Scheuklappenträgern *jeder* Richtung, auch der feschen und windigen, zu widersprechen und den Blick möglichst weit und offen zu fokussieren (statt mißvergnügt zwischen verschiedenen Pessimismen zu changieren), usw.,
kann ich, um einen kurzen Beitrag gebeten, nur diesen vergleichsweise banalen und geschraubten Satz als eine kurze Vorrede liefern,
obwohl man alles noch kürzer formulieren könnte mit einem Zitat von Umberto Eco, der dem Richtigkeits- und Sauberkeitswahn (deutscher) Intellektuellen-Debatten herzhaft widerspricht:
«Der Intellektuelle muß Krisen nicht lösen, sondern Krisen produzieren, selbst da, wo noch keine sind.»
Punkt. Ende der Einleitung.

Gewalt → Dachdecker, → Mitte

Globalisierung

Seit vielen Jahren leistet die Dritte Welt uns Entwicklungshilfe und nicht wir ihr. Für jeden Dollar, den die nordamerikanischen und europäischen Firmen in der Dritten Welt investieren, holen sie zwei Dollar wieder heraus. Ähnliches gilt für die EG, die allein mit ihrer Zollpolitik mehr an der Dritten Welt verdient als sie ihr Entwicklungshilfe zahlt. Außerdem produzieren wir regelrecht Armut.

In meiner «Verteidigung der Gemüseesser» habe ich diesen ganzen marktwirtschaftlich gesehen offenbar «vernünftigen», ansonsten aber wahnwitzigen Komplex ja ein wenig aufzuhellen versucht.

Da den verantwortlichen Politikern, den Chefs der Weltbank und des Währungsfonds die Fakten bekannt sein dürften, muß man davon ausgehen, daß sie die Millionen Hungertoten wissentlich in Kauf nehmen. Natürlich kann man nicht überall den Weltmarkt für die heutige Massenvernichtung verantwortlich machen, immer wirkt ein Bündel von Faktoren zusammen, aber die meisten Ursachen weisen in die gleiche Richtung. Das heißt, vor unsern Augen findet das größte Verbrechen seit der Vernichtung der europäischen Juden statt – nur heute kann sich wirklich niemand hinter der Behauptung verstecken, man habe nichts gewußt. Es steht im Wirtschaftsteil jeder Zeitung. Und das ist natürlich, unter anderem, ein moralisches Problem des Westens. Da die Parole gilt «Besitzstand wahren», ist ein enormer Aufwand an Verdrängung nötig, der zu einer ungeheuren Verrottung der politischen Kultur führt. Staatlicherseits verkommt das, was einmal Solidarität hieß, nach innen und nach außen. Wo jede Gegebenheit zum Sachzwang wird, werden die Politiker politikunfähig, in Bonn oder Brüssel. Die EG ist so verstrickt in ihre eigenen Erlasse und Verordnungen, in die bürokratischen Grabenkämpfe um minimale Vorteile, daß sie zu keinen wirklich wichtigen Entscheidungen mehr fähig ist. Was bleibt, ist eine Wagenburg-Politik, aber in der schlimmsten, in der offensiven Variante. Die größte Bedrohung für die reichen Länder liegt also darin, daß sie, auf die Unfreiheit im Osten weisend, ihre Brutalität gegenüber den armen

Ländern auch noch als Hilfe oder Beitrag zur Freiheit ausgeben.

Goldgruben → Anarchisten

Greenpeace

Wenn ein bekannter Schriftsteller, der immerhin vier Jahrzehnte daran gearbeitet hat, Wolfgang Hildesheimer zu werden, sagt: Greenpeace statt Roman, dann mag das seine aufrichtige Entscheidung sein. Wenn daraus eine Empfehlung für andere werden sollte, wäre sie reaktionär zu nennen, denn das hieße, den Kampf um Sprache, Bewußtsein, Genauigkeit, Phantasie und die Freiheit des Spielerischen aufzugeben und den herrschenden, den destruktiven Kräften zu überlassen. Literatur, wir Autoren haben das oft zitiert, ist Widerstand, aber nicht immer Widerstand genug. Was bleibt, stiftet Greenpeace, aber auch: der Roman. Die Arbeit für amnesty international und das Empfinden für Lyrik kommen aus den gleichen menschlichen Regungen. Was politisch zu tun ist, wird ohne die Kenntnis und ohne das Sensorium für die – speziell literarischen – Künste schlechter getan. Das soll nicht heißen, die Literatur sei politisch zu instrumentalisieren – im Gegenteil. Damit will ich nur die Torheiten des freiwilligen Verzichts auf die Literatur andeuten, der Blindheit vor ihren zwar bescheidenen, doch sichtbaren Möglichkeiten widersprechen.

Grundlagenforschung

Auch wenn jede Autorin, jeder Autor zu Recht beteuert, zuerst einmal nur für sich, aus den Motiven Unzufriedenheit, Trauer, Lust, kreativer Befriedigung und so weiter zu schreiben, so entsteht aus der Summe dieser subjektiven Anstrengungen doch eine gesellschaftliche Leistung, deren Nutzen gegenwärtig eher unter- als überschätzt wird. Das Nützliche an der Literatur ist natürlich das vorderhand Unnütze: Literatur kann als eine Art Grundlagenforschung gesehen werden. Grundlagenforschung der gesellschaftlichen Reibungen, die häufig zuerst von der Literatur, von der Kunst wahrgenommen werden.

Grundlagenforschung, so heißt es, sei zweckfrei, aber sie ist trotzdem nicht ohne Wirkung: Wer sich Lust und Erkenntnissen von Literatur aussetzt, ist als Unterwerfungsobjekt nicht mehr besonders brauchbar – ein Gedanke, auf dem Heinar Kipphardt immer wieder bestanden hat. Menschen, die sich auf Kunst einlassen, sind nicht so leicht zu unterdrücken, politisch zu manipulieren – denn wer liest, der fragt auch, der lernt zu zweifeln. Wenn die Literatur etwas lehrt, dann dies: «Es gibt keine endgültige Lösung. Es gibt kein letztes Wort», daran hat Carlos Fuentes neulich noch einmal am Beispiel Salman Rushdie erinnert.

Leute mit Phantasie und Neugier, mit der Lust aufs Zuhören sind also nicht sehr brauchbar für Generäle, Bürokraten, für Ayatollahs und Meinungsvereinheitlicher welcher Ideologie auch immer. Darum sind die Qualitäten, die Eigenheiten der Literatur immer auch politische, und das ist der Grund, weshalb sie auch in unserem Land nicht nur gefördert, sondern auf der andern Seite bekämpft werden. Das ist teilweise an Zahlen ablesbar, an Bibliotheksetats, Bildungsplänen, Mitteln für Leseförderung im Vergleich mit denen für Schau- und Beschallungsförderung. Noch mehr aber an der «Stillegung der menschlichen Subjektivität» durch die Maschinisierung und Monetarisierung, wie

Soziologen sagen, der sozialen Beziehungen, eine Stilllegung, in der blitzgescheite Informatiker wiederum eine «neue Mutationsphase des Menschen» sehen.

Spekulationen hin und her, solange mit Sprache definiert, Macht ausgeübt, mit Sprache Politik gemacht wird, solange Phantasien und Wünsche, Neugier und Fragen sich in Worten artikulieren, solange wird die Grundlagenforschung, wie Autoren sie bewußt oder unbewußt betreiben, sinnvoll sein. Und vielleicht kommt eine Zeit, in der die Roboter uns nach unserer Sprache, unserem Rhythmus, unserer Freiheit fragen werden. Und wehe, wir haben dann die Sprache verloren.

Gruppe 47

Albern finde ich jene Geste des Allwissenden (der es überdies schon immer gewußt hat), mit der Erich Kuby erklärt, daß die Literatur dieser Gruppe keine Literatur und die Politik keine Politik gewesen sei. Die Anwürfe, die in den fünfziger und sechziger Jahren von rechts kamen, werden nicht plausibler, wenn sie nun von links kommen. Die Anstrengung, mit großer Geste alle zu Flaschen zu erklären und dann auf den Müll zu werfen (oder in Container zu sortieren), deutet denn auch auf etwas Allgemeines: eine tiefe Abneigung gegen die «Lüste und Erkenntnisse von Literatur» (um den geschätzten Heinar Kipphardt zu zitieren).

Denn zur Sehnsucht nach einer Partei paßt ein Mißtrauen gegen das, was nicht zu vereinheitlichen, nicht zu normieren, nicht zu reglementieren ist. Gegen die Literatur, in der Widersprüche, Fragen, Zweifel ausgebreitet werden. Phantasie ist verdächtig, die subversiven indirekten Botschaften der Sprache ebenso, und wehe dem, der an Verdrängungen rührt.

Mit dieser Haltung trifft sich Kuby, dessen publizistische Verdienste in den fünfziger und sechziger Jahren unbestritten sind, mit denen, deren publizistische Verdienste in den achtziger Jahren noch umstritten sind. Ich meine gewisse Schreiber in der Kultur/taz, die sich auszeichnen durch eine Neigung zum selbstgefälligen Abräumen alles Widersprüchlichen, jene Verdrostung, die mit minimaler Denkanstrengung maximale Aufmerksamkeitswerte anstrebt bzw. alte Vorurteile in möglichst originelle Formulierungen umtopft – was dann leider mit der schönen Form der Polemik verwechselt wird.

Herbst, deutscher

Trotz aller Artikel, Bücher, Dokumentationen und Filme bleibt das Thema «1977» von der Aura eines Tabus belastet. Woran liegt das?

Mir scheint, daß alle, Beteiligte wie Zuschauer, nur Segmente der Fakten sehen oder sehen wollen. Für alle gäbe es etwas aufzuarbeiten, für die RAF-Leute sowieso, aber auch auf seiten der Politiker, der Polizei, der Presse, der Justiz, bei den Helfern des Terrors wie bei der terrorablehnenden Linken. Bei Verfassungsschutz und BND, die immer noch viele Fragen offenlassen, und nicht zuletzt beim Großteil der Bevölkerung mit der «Rübe ab!»-Mentalität.

Die Anteile an Schuld und Verdrängung sind unterschiedlich verteilt, aber wer sie leugnet, wird das, was wir Deutschen Herbst nennen, kaum begreifen. Es führt nicht weit, sich nur am Frontverlauf moralischer Kategorien zu orientieren: hier die bösen Entführer, dort der tapfere Staat – oder die noch absurdere umgekehrte Version.

Nicht allein Helmut Schmidt fühlte sich mitten in ein klassisches Drama versetzt. Wir, die wir Zuschauer waren, spürten, daß unsere Passivität und Angst mit zu dem Stück gehörten. Der «Herbst» ist das einzige nationale Ereignis seit 1945, bei dem kein Westdeutscher, der damals erwachsen war, sagen dürfte: Ich war hier unbeteiligt, ich war ohne Schuld. Nur die Geiseln in der *Landshut* sind da auszunehmen.

Damit soll kein Verbrechen entschuldigt und relativiert werden. Der historische Abstand erlaubt es aber, die Aufmerksamkeit auf die Dynamik der Angst, auf eine geradezu pathologische und zeittypische Sucht oder Suche nach Feinden und Gewalt zu lenken, die nicht nur auf eine Fraktion beschränkt war.

Was wie ein Räuber-und-Gendarm-Spiel, wie eine Fortsetzung der antiautoritären Aktionsformen begann, wurde mit der Befreiung von Andreas Baader im Mai 1970 ein politisches Spektakel, das sich nicht allein gegen den Staat, den Imperialismus und alle bürgerlichen Kräfte richtete. Aus fröhlichem Anarchismus wurde Krieg, das Konzept «Stadtguerilla» ein todernstes Abenteuer. Gegen Polizei, Politiker, Presse, Justiz und «kleinbürgerliche Intellektuelle», die von Erklärung zu Erklärung immer rotziger abgefertigt wurden. «Viel Feind – viel Ehr», da liegt ein Grund für den maßlosen Hochmut der Gruppe, die zur Selbstbestätigung um so mehr Feinde brauchte, je unpolitischer ihre Praxis wurde: Beschaffungskriminalität, Raushauen der eigenen Leute und Erschießung von im Weg stehenden Polizisten – einzige politische Aktion war die Beschädigung des Gebäudes mit den Computern für die Vietnameinsätze der US-Bomber in Heidelberg.

Während für die Täter der Krimi live die politische

Arbeit ersetzte, kam die sich formierende RAF der Polizei, dem Verfassungsschutz, Teilen der Presse und den konservativen Parteien offenbar wie gerufen. Die gigantische Aufrüstung der Polizei, des BKA, der Geheim- und Sicherheitsdienste, all das geschah ja keinesfalls widerwillig.

Die RAF war nützlich. Leichter war es nie, alles, was jung oder links war oder zum Aufklärerischen, Liberalen, Sozialen drängte, in die Nähe des Terrors zu rükken. Auch auf der konservativen und rechten Seite glühte eine Feindessucht, die der Politologe Peter Brückner seinerzeit als «innerstaatliche Feinderklärung» analysiert hat. Sogar der Streit um Haftbedingungen, Isolation, Hungerstreiks und Prozeßführung litt so unter dem beiderseitigen Fanatismus, daß bis heute nicht mal Experten wissen, wer hier am meisten gelogen, verbogen, übertrieben, verharmlost hat. Deshalb auch interessierte sich bald niemand mehr für den Tod von Ulrike Meinhof, obwohl der so viele Rätsel aufgibt wie der von Uwe Barschel.

Die Eskalation 1970 –1972 –1977 wurde auch deshalb immer heilloser, weil die RAF ihr kriminelles Potential leugnete und die andere Seite sie nur als kriminelle Bande sehen wollte, was Klaus Bölling in späteren Jahren als den größten Fehler beim Umgang mit den «Staatsfeinden» bezeichnet hat. Auf die Gruppe wurde stellvertretend alles Böse projiziert, auch dafür hatte sie zu büßen. Nicht nur aus Strafe für ihre Beleidigungen wurde den Angeklagten in Stammheim verweigert, was jedem Naziverbrecher erlaubt war: seine Anschauungen, seinen Werdegang zu erklären und zur eigenen Entlastung vorzutragen.

Polizei und Justiz bestritten ihre Verstöße gegen geltendes Recht so lange wie möglich (Abhörpraxis und so weiter), während die Illegalen sich nur noch von Illegalität umstellt wähnten. In der Paranoia immerhin waren sich die Feinde einig. Einer souveräneren Demokratie wäre sie gewiß erspart geblieben.

Die Spirale der gegenseitigen Feindfixierung beschleunigte den Terror. Die «kritikimmune und reflexionslose Selbstgerechtigkeit eines Großteils der Repräsentanten von Politik und Staat» macht der Kriminologe Fritz Sack mitverantwortlich und verschweigt die Mitschuld von Politik, Polizei, Justiz an der Eskalation der Gewalt nicht – in einer vom Bundesinnenministerium 1978 in Auftrag gegebenen, 1984 veröffentlichten, ziemlich unbeachteten Untersuchung.

Das komplementäre Verhältnis beider Seiten hat Horst Herold, Chef des BKA, in seinem *off the record* gesprochenen Satz über Andreas Baader in genialer Kürze so ausgedrückt: «Ich habe ihn geliebt.» Von Baader wiederum sind Worte des Respekts gegenüber Herold überliefert.

Es gab also, bei allen Gegensätzen, ein symbiotisches Verhältnis der RAF mit ihrem Gegner. «Beide Kontrahenten», so der Jurist Klaus Eschen, «waren in eine dialektische Dynamik verstrickt, in der jeder des anderen bedurfte, um die eigene Identität zu finden oder zu behaupten.»

→ Schleyer-Paradox

Hitlertest

«Hitler, he was an important man», sagte der alte Bauer und schaute mich listig von der Seite an, bevor er mir die violettroten Braeburn-Äpfel empfahl. Wir standen in einer offenen Verkaufshalle für Obst und Gemüse an der Landstraße Nr. 94 im südlichen Pennsylvania. Ein strahlender Maitag, um uns herum blühende Apfelbäume, gepflegte Obstplantagen und frische Felder in einer gefälligen Hügellandschaft. Eine Gegend, die man auf den ersten und zweiten Blick idyllisch nennen könnte, eine fremde und vertraute Landschaft auf dem amerikanischen Kontinent, fern der europäischen Engen und deutschen Querelen – und dann kommt einem so ein einfacher Obstbauer mit Hitler.

Mit Mr. Peters hatte ich mich fast ein wenig angefreundet, schon beim ersten Besuch hatte er mich in kuriose Debatten über Hindenburg und das Luftschiff, Eisenhower und Adenauer verwickelt. Ein Hobby-Historiker, wie es schien, der sein Wissen aus dem Fernsehen bezog. In der Nachkriegszeit hatte er im Schwäbischen als Soldat der US-Army gedient. Und nun machte er mit mir den Hitlertest.

Mitten im beschaulichen Apfel-Paradies von Pennsylvania musste ich an Martin Walser denken, der sich wahrscheinlich auch hier belästigt gefühlt hätte. Hat er nicht in seiner berühmten Friedenspreisrede von 1998 wortreich geklagt, wie unerträglich es sei, bei jeder Gelegenheit an jedem Ort in jedem Medium und von jedermann auf die Nazi-Verbrechen gestoßen zu werden?

Nein, dachte ich, Walser irrt auch darin, nicht nur in seinen selbstgefälligen Übertreibungen. Es ist keineswegs unerträglich, ich finde es sogar immer wieder hübsch lehrreich, auf den alten Hitler angesprochen zu werden. Natürlich ist es nicht angenehm, in allen Landstrichen der Welt mit diesem vor Jahrzehnten von anderen Deutschen erwählten größten Mörder aller Zeiten in Verbindung gebracht zu werden. Aber es ist unvermeidlich, dieser Mann lässt sich einfach nicht aus dem Gedächtnis der Völker löschen, und wir können uns nicht von ihm «befreien», wie Walser wünschte. Und weil es unvermeidlich ist, ja normal, eine Art Gesellschaftsspiel, dürfen wir ruhig etwas gelassener damit umgehen.

Denn der Teufel mit Schnurrbart, der da aus dem Kasten springt, sagt mehr über den aus, der ihn beschwört und braucht und mit ihm provozieren will, als über uns, die Kinder und Enkel der Nazi-Generation. John Peters braucht Hitler, ich nicht.

Deshalb ist es so töricht, jedesmal, wenn die zwei Silben Hit und ler fallen, sofort mit Schuldgefühl und Schwermut zu reagieren. Außer alten und neuen Nazis muss sich niemand angegriffen und belastet fühlen. Hier liegt der größte Flurschaden, den Walser vor zweieinhalb Jahren angerichtet hat: Bei jeder solcher Gelegenheiten sich selber, pars pro toto, als unfreiwilligen, niedergedrückten Lastenträger, als spätes Opfer der einstigen Verbrechen darzustellen, das genug geschleppt und bewältigt hat und nicht mehr belästigt werden will.

Höllerer, Walter

Als ich oder wir, nach achtstündigem Rütteln und Schütteln und Rollen, aus den Interzonenzügen stiegen, die billigen Koffer, beschwert mit der Unschuld der Taschenbücher aus Kleinstadtbuchhandlungen und mit viel zu weißer Wäsche, zogen hinab in den Bahnhof Zoo und in die Stadt, und den Bus mit der richtigen Nummer und die ersten Ziele einer ängstlichen Neugier suchten, und als wir, ausgestattet mit Waisengeld, Fersengeld und dem Ehrgeiz, alle Energie auf die Phantasie und ihre Göttin Literatur zu richten, noch benebelt von der Blasiertheit der frischrasierten Zwanzigjährigen, die alles sein wollten, nur nicht provinziell, als wir so, unentdeckt und ohne Anstiftung zur Entdekkung, durch Dahlemer Hörsäle irrten, in denen der Staub und die Jahreszahl und die Unterwürfigkeit vorherrschten, und als wir nach diesen Umwegen wieder in der Gegend des Bahnhofs, in der Straße des 17. Juni in den oberen Stockwerken, angelockt und eingeladen, angekommen waren, da staunten wir, daß wir plötzlich erwünscht und willkommen waren, das war eine der wichtigsten Gesten Höllerers im Literaturland Berlin Mitte der sechziger Jahre, auch das Lachen, mit dem er begrüßte, was uns so ernst und wichtig war, und das Abschmecken der Kleinigkeiten und die fragezeichendrohenden Stirnfalten, die jedes Interpretationspathos zunichte machten, so lernten wir dann doch von einem ordentlichen Professor, der listig genug war, gerade die Leute für eine querköpfige Literaturerforschung einzuspannen, die sich in ihren Studentenzimmern mit dem Verfertigen eigener Gedichte und Erzählungen abmühten, und lernten von einem außerordentlichen Professor, dessen Verdienste um die Erweiterung der literarischen Weltbilder so bekannt sind, daß ich hier nicht die 193. Laudatio schreiben muß, von dem aber doch das eine wiederholt gerühmt werden muß: er brachte uns bei, daß es stets darauf ankommt, wie ein Autor schreibt, und nicht nur darauf, was er schreibt, und der uns vorführte, daß ewig ein literarischer Hornochs bleibt, wer nicht gleichzeitig die Fähigkeiten der Alten (nehmen wir Jean Paul) und die der Modernen (joy with Joyce) und die der Zeitgenossen (z. B. Peter Weiss) zu schätzen vermag, so daß wir endlich begriffen, was wir schon in den Interzonenzügen ahnten und immer neu begreifen mußten (wie jüngst mit Sartre), daß Literatur alles ist oder nichts.

Hoffnung → Zweifel

Horten, Helmut

Offener Brief nach Madonna del Piano

Beek, Oktober 1979

Sehr geehrter Herr Horten,
mit großer Genugtuung habe ich erfahren, daß Sie Berufung gegen das Urteil des Landgerichts Hamburg, gegen die Abweisung Ihrer Klage gegen eines meiner Gedichte eingelegt haben. Ich freue mich über die Fortsetzung Ihrer mutigen Initiative, da ich bislang fast nur Vorteile davon hatte.

Dank Ihrer Klage hat meine Moritat auf dem Weg über Fernsehen, Rundfunk und Zeitungen in den letzten paar Monaten ein größeres Publikum erreicht als in den sieben Jahren zuvor.

Mit jeder Klage, mit jeder weiteren Instanz wachsen mein Ansehen, meine Popularität als Autor, mein Marktwert. Auch meinen Verlag fördern Sie in großzügiger Weise.

Dank Ihres Prozesses erfreue ich mich der Rückendeckung und Sympathie von Schriftstellerkollegen, Buchhändlern, Kritikern, Lektoren, Verlegern, Verbänden und einer Vielzahl von Lesern.

Sie und ich demonstrieren dem deutschen Lesepublikum Möglichkeiten öffentlicher Wirkung von Literatur, noch dazu eine ermutigende und erheiternde Wirkung.

Je länger Sie vor Gericht gehen, desto besser wird mein Informationsstand über die Welt und die Wirtschaft, da immer mehr Leute auf mich zukommen, die über Ihre Vergangenheit, Ihre Parteispenden usw. etwas mitzuteilen haben.

Alle diese Vorteile verdanke ich Ihnen, Herr Horten. Gefaßt nehme ich es hin, daß die breite Resonanz auf ein Gedicht nur außerliterarische Gründe hat. Das ist heute so üblich. Diese Resonanz ist nur auf Partys unangenehm, bei meiner literarischen Arbeit jedoch, das gebe ich gern zu, bestätigt und beflügelt sie mich ein wenig.

Alle diese Vorteile und nun Ihr konsequenter Schritt in die zweite Instanz haben meine Vermutung zur Gewißheit werden lassen, daß Sie mein Förderer und Mäzen zu sein wünschen, ja, es schon sind. Zuerst hatte ich nicht verstanden, warum Sie diesen Prozeß führen, da alle rationalen, alle literarischen und juristischen Überlegungen dagegen zu sprechen schienen. Nun aber ist mir klar geworden: Im Grunde haben Sie nichts anderes im Sinn, als die Kunst zu fördern und speziell dem Autor Delius zu einem großen Publikum zu verhelfen. Der Förderungsweg über die Justiz und damit über die mehrfach stimulierte Presse ist, das haben Sie als weitsichtiger Unternehmer erkannt, nicht nur wesentlich effektiver als dünne Literaturpreise und Arbeitsstipendien, sondern löst auch beim Publikum über einen längeren Zeitraum hin Kaufimpulse aus.

Diese moderne Form des Mäzenatentums, orientiert am Konzept einer offensiven Öffentlichkeitsarbeit, ist bislang von der sogenannten kritischen Öffentlichkeit, die den Prozeß vorschnell als Rache eines Kaufhausmillionärs für drei Gedichtzeilen etikettierte, völlig verkannt worden. Wenn Sie sich als Initiator dieses nonkonformistischen Förderungsprogramms hier nicht mit einem erklärenden Wort in den Vordergrund drängen wollen, so respektiere ich das – gerade Ihre Diskretion beweist, daß es Ihnen wirklich um die Sache, um die Sache der Kunst geht.

Ich kann mich nur dadurch erkenntlich zeigen, daß ich meiner literarischen Aufgabe treu bleibe. Darüber hinaus werde ich Ihren Ruf so gut ich kann verteidigen und mich weiterhin mit den Leuten herumschlagen, die Ihnen längst bereinigte Steuergeschichten nachtragen, die Ihr juristisches Vorgehen naiv für unmoralisch halten oder gar behaupten, Sie seien doch der, der Sie auch in meiner Moritat nicht sind – wegen der Arbeitsbedingungen in den Horten-Kaufhäusern. Ich werde diesen Leuten auch weiterhin erklären, daß Sie in den Kaufhäusern Ihres Namens nicht mehr das Sagen haben und für die Vergrößerung der Verkaufsfläche pro Verkäuferin ebensowenig verantwortlich sind wie für Pausenregelungen und Löhne.

So darf ich denn hoffen, daß die Richter auch weiterhin Ihr großherziges Anliegen einer wegweisenden Kunstförderung begreifen und mit den richtigen Entscheidungen unterstreichen werden.

In vorläufiger Dankbarkeit Ihr F. C. Delius

*«... die Angst vor Konkurrenz, vor seinesgleichen, vorm Schuft ...» und «... schwitzen die von ihm bezahlten Politiker über Gesetzen,/ die ihm genehm sind und seine Gegner zerfetzen» –: dieser Zeilen in einem 1971 erstmals publizierten Gedicht wegen zog der darin angesprochene Kaufhausunternehmer Helmut Horten vor Gericht und klagte auf Unterlassung. Mitte Juli dieses Jahres wurde seine Klage von einer Zivilkammer des Hamburger Landgerichts abgewiesen. Horten will jetzt in die zweite Instanz gehen. Dazu schrieb ihm Delius einen Brief.**

➔ Prozesse

➔ Gedichte, politische

* Anm. der «Frankfurter Rundschau», wo dieser Brief abgedruckt wurde.

Humor → Selbstunterschätzung

Hysterie → Geschichte

Industrie → Wunschzettel

Intellektuelle → Gesellschaftsspiele, intellektuelle → Vereinigung, deutsche

Irrtümer

Es ist kein schlechtes Zeichen, wenn die Wogen über 1968 und die Folgen wieder einmal überschwappen. Wenn öffentlich um die Deutungshoheit über die jüngste Geschichte gekämpft wird. So lässt sich lernen, was Walther Rathenau, frei nach Napoleon, sagte: Die Politik ist das Schicksal.

Aber noch weniger als in anderen Debatten gibt es hier Objektivität und Neutralität. Jede und jeder ist Partei, hat alte oder frische Rechnungen zu begleichen. Jede kocht ihr, jeder kocht sein Süppchen. Aber in einem sind sich alle offenbar einig: Es sind immer nur die Linken, die ehemaligen Studenten und Demonstranten, die sich rechtfertigen sollen für das, was sie damals getan oder nicht getan und vielleicht verdrängt haben. Gut, es schadet nicht, immer mal wieder, aus aktuellen Anlässen oder in stilleren Beichtstunden, Rechenschaft über vergangene Taten, Untaten oder Verdienste abzulegen, aber warum immer nur die Minderheit und nie die Mehrheit?

Hierzulande wird man einen Mann wie McNamara wohl vergeblich suchen, der in den sechziger Jahren als Verteidigungsminister der USA den größten Anteil an der Expansion des Vietnamkriegs hatte – und zwanzig

Jahre später öffentlich bekannte: dieser Krieg sei ein gewaltiger Fehler gewesen. Er genierte sich nicht, mit großer Verspätung, aber immerhin, eine Erkenntnis zuzugeben, die seine demonstrierenden Gegner weitaus früher hatten und weitaus teurer bezahlt haben.

Irrtümer sind kein Privileg der Linken. Mehr noch: die haben sogar oft das Pech, zu früh Recht zu haben und dafür geprügelt, schikaniert, ausgegrenzt – und deswegen borniert zu werden. Dass die Mehrheit der Gesellschaft manchmal ein, zwei, drei Jahrzehnte braucht, um diese Einsichten nachzuholen, ist normal. Aber es sollte auch normal sein, Fehler und Verbohrtheiten nicht nur auf der einen Seite zuzugeben.

Wie angenehm wäre es also, um beim Thema 68 zu bleiben, mal einen Vertreter des Verfassungsschutzes mit der Erklärung zu hören, es sei falsch gewesen, Waffen in die linke Szene geschleust und V-Männer zum Anstiften von Gewalt eingesetzt zu haben. Oder einen Chef aus dem Springer-Konzern, vielleicht sogar der Bild-Zeitung: Es sei unrecht gewesen, die demonstrierenden Studenten mit pausenlos abgefeuerten Schimpfworten denunziert und als Untermenschen gezeichnet zu haben. Oder Politiker: Der Vietnamkrieg war Massenmord – die Häuserbesetzer haben zu Recht gegen die falsche Baupolitik demonstriert – natürlich haben wir die Umweltpolitik viel zu spät erkannt, und so weiter. Es müsste ja nicht gleich in Entschuldigungen ausarten, aber mit solchen mannhaften oder tapferfraulichen Erklärungen ließe sich durchaus demokratische Reife beweisen.

Israel → Jerusalem → Wüste

Italien → Berlusconi, Silvio → Fußball

Jerusalem

Hoch über Jerusalem, auf dem Ölberg oder dem Skopusberg, ist die Wüste so nah wie die Stadt. Auf der einen Seite, Blickrichtung Westen, das Gewirr und die vielfachen Steinschichten der Friedhöfe, Häuser und Mauern, mitten darin wie ein handlicher Sonnenball die Kuppel des Felsendoms. Auf der anderen Seite, eine Drehung des Kopfs genügt, die staubige Steinwelt, die Berge und Schluchten der schroff abfallenden Judäischen Wüste.

Auf den ersten Blick scheint es einfach, zwischen Stadt und Wüste Grenzen zu ziehen. Hier die seit Jahrtausenden umkämpften Quadratmeter der heiligen Stadt, dort das dünn besiedelte, in den Dunst absinkende Gelände. Doch je länger ich schaue, desto ähnlicher wird alles durch die Ähnlichkeit der Farben der Steine. Ob sie als Quader gefugt sind in der Stadtmauer, den Häusern, auf den Grabfeldern, ob sie roh in der Gegend liegen oder Bergketten bilden, es leuchten die gleichen Sandfarben zwischen Gelb, Rot, Ocker, Weiß. Es ist, als sei die Wüste mit ihren Steinen aus Kalk und Kreide in die Stadt gewandert. Oder als wachse die Stadt in die Wüste.

Schau auf die Wolken, dann weißt du, wo die Grenze ist, sagt mein Freund Chaim. Die Wolken, die von Westen heranziehen, verdunsten genau über jenem Höhenzug. Dort ist die Stelle, an der die Christen die Himmelfahrt des Heilands lokalisieren. Der Ölberg als Nahtstelle zwischen Himmel und Erde, zwischen bewohntem und wüstem Land. Touristen des 20. Jahrhunderts nähern sich Jerusalem vom Mittelmeer, nicht anders als früher die Kreuzfahrer. Ob Seehafen oder Flughafen, ob in mehreren Tagesetappen oder einer einstündigen Fahrt auf der Autobahn, die Jerusalemer Berge werden von Westen her angesteuert, durch Felder und Wälder: der «europäische» Weg.

Ganz anders ist der Zugang aus dem Osten, aus Jericho, aus der Wüste. Eine Steinlandschaft, kahle Berggipfel, unpassierbare Schluchten, Geröll, karge Erde, kurzes staubiges Gewächs, alles wie geschlagen von Hitze und Trockenheit. Dazu die Steigung, in gut 30 Kilometern von 270 Metern unter dem Meeresspiegel in Jericho auf über 800 Meter Höhe. Wer diesen Weg einst gewandert oder marschiert ist, ihn per Esel, Pferd oder Wagen bewältigt hat oder heute mit dem Auto passiert – das Erreichen des Höhenzugs zwischen Ölberg und Skopus wird allen Reisenden durch die Bergwildnis wie eine Erlösung erschienen sein. Die alten Hebräer nahmen diesen Weg, die Römer, die Araber. Selbst der heutige Tourist, dem sich die Stadt auf halber Strecke von Jericho durch Kirchtürme ankündigt, die wie Leuchttürme im Dunst über dem Steinmeer stehen, wird nach dem Ausflug durch die kahle Landschaft im klimatisierten Auto noch genug nachfühlen von dem, was seinen Vorgängern Erlösung und Verheißung gewesen ist: Jerusalem als Höhepunkt und Triumph über die Wüste.
→ Wüste

Kapitalismus → Ersatzreligion

Koeppen, Wolfgang

Ruft da zum Beispiel ein Redakteur an mit der Bitte um einen Satz über Wolfgang Koeppen, den heute, drei Monate vor seinem 90. Geburtstag gestorbenen Romanautor Koeppen, aber bitte nur ein, zwei Seiten, wir haben höchstens vier Minuten, wir haben schon einen anderen Beitrag rauswerfen müssen, dann sehe ich den lieben Alten verschmitzt lächeln, er kennt diese Bräuche der Eile und der Verwertung, er hat sie beschrieben, er hat sie durchschaut, er hat sich entzogen, nun stülpt man auch über ihn wieder, wie schon zu seinen runden Geburtstagen, die so glatten wie falschen dpa-Formeln aus dem Speicher für Nachrufe, da möchte ich, wenn schon befragt, ihn doch lieber schlicht den größten deutschen Autor der fünfziger bis siebziger Jahre nennen, weil er wie kaum ein zweiter die Gesellschaft, in der er lebte, bis auf den Grund der Verzweiflung durchschaute und dies in wunderbar leichten, dichten, «schmiegsamen» (Enzensberger), elliptischen Sätzen zu beschreiben wußte, was man schon früh als «magischen Realismus» bezeichnete, angefangen bei den «Tauben im Gras», dem Roman der allerersten Nachkriegsjahre, noch stärker im «Treibhaus» (1953), wo Koeppen, als unsere Republik erst vier Jahre alt war, die Stadt Bonn und die politische Struktur Bonns, die zynischen ebenso wie die gutwilligen Demokraten in ihrer geballten Hilflosigkeit beschrieb, all diese geschäftigen Menschen, die sich für Persönlichkeiten der Geschichte halten, «für öffentliche Größen, nur weil sie ein Amt hatten, weil ihre Gesichter durch die Presse liefen», und für seine Weitsicht seinerzeit nicht weniger beschimpft wurde als für den «Tod in Rom» (1954), weil er es wagte, alte und halbgewendete Nazis und ihren Einfluß in der Gesellschaft darzustellen und mit der Verzweiflung der jungen, in Kunst und Homosexualität flüchtenden Nazikinder zu verbinden, dieser Koeppen, der für die fünfziger Jahre zu viel sah, zu viel wußte und zu gut schrieb und deshalb in die Reiseliteratur abgedrängt wurde, auch diese zu gut für die Zeit und deshalb überdauernd, dieser Koeppen verschwand in den sechziger Jahren beinah aus der literarischen Öffentlichkeit, und auch ich muß gestehen, daß ich erst nach intensiver Lektüre der Lateinamerikaner in den siebziger Jahren beim Lesen von «Jugend» und beim Schreiben eines ersten Romans wieder neu entdeckt habe, was die deutsche Literatur an Koeppen hat, und nach und nach, spätestens beim Rotwein mit ihm in München und New York, begriffen habe, warum dieser höfliche, schüchterne Herr und nicht berühmte Autor, nicht einmal berühmt wegen eines Skandals oder Mißverständnisses, zwar einige tausend Leser, aber keine Fans hat, keine Gemeinde unter den eher konservativen Lesern und Denkern, denen er zu radikal, keine Gemeinde unter den Linken, denen er zu preußisch oder zu dunkel ist, keine Gemeinde der «Mitte», die er am meisten verachtete, kein Dechiffriersyndikat, weil er klar schreibt, keine Kongreßritter-Interpreten, weil seine Wahrheit von seiner Kunst nicht zu trennen ist, und warum in den kümmerlichen Debatten um Ästhetik und Realismus sein Name beharrlich ignoriert wird und selbst nach der Wende der Greifswalder Koeppen nicht als ein kritisch nationaler Dichter des sterbenden Preußentums entdeckt wird («Die Mauer schwankt» und in vielen kleinen Prosastücken), und deshalb oder vielleicht aus Trotz oder um den Alten zu ehren habe ich, wenn man mich in Schulklassen oder im Ausland nach meinem Vorbild oder nach dem «wichtigsten» deutschsprachigen Autor der Gegenwart fragte, den da wie dort unbekannten Namen Wolfgang Koeppen an erster Stelle genannt, was ich mit der Dankbarkeit eines immer noch lernenden Schülers in diesem den Umständen entsprechend leider allzu kurzgefaßten Satz wiederhole.

Korruption → Preußen

Krieg → RAF

Kultur → Leitkultur

Kunst

«Das Thema der Kunst ist», sagt Brecht, «daß die Welt aus den Fugen ist.» Wenn Gedichtschreiber vor diesem Thema nicht ausweichen, steigt die Chance, daß ihre Gedichte etwas taugen. Sie kann weiter steigen, wenn die Autoren über die schlimmen Zustände der Welt, die simplen Regeln der Gesellschaft oder über die Mächte der Gewohnheit nicht jammern, sondern begreifen, daß sie, schreibend, nicht mehr tun können, als den Widerspruch darzustellen zwischen diesen Zuständen usw. und den materiell und emotional betroffenen Subjekten. Selbst wenn wir Autoren das begriffen haben, werden die Gedichte immer noch sehr kümmerlich aussehen, solange die darin verarbeiteten Erfahrungen zu kümmerlich oder ideologisch zurechtgestutzt sind.

Ich wünsche mir Gedichte, die offen sind für *jede* Erfahrung, ob sie uns ins persönliche oder politische Konzept paßt oder nicht. Gedichte, die diese Erfahrungen möglichst komplex (historisch-kritisch), möglichst sinnlich und sprachlich präzise organisiert haben und dabei Raum für Phantasie lassen. Gedichte mit Rhythmus, aber ohne Glätte und Eindeutigkeit. Gedichte ohne Sprüche, aber mit wichtigen Gedanken (also mehr als Einfällen) und exemplarischen Situationen (Widersprüchen). «Unsere Leitsterne», sagt Neruda, «sind Kampf und Hoffnung. Doch es gibt keinen einsamen Kampf, keine einsamen Hoffnungen.» Neruda hatte leichter reden als wir. Wir (die bundesdeutsche Lyrikerzunft) schreiben in einer Gesellschaft, in der das Vergehen von Hören und Sehen, von Lesen, Schmecken, Fühlen, Lieben, Denken propagiert und durchgesetzt wird. (Selbst Lyriker, die gegen diese Entwicklung schreiben, merken manchmal schon nicht mehr, wie die kulturelle Perversion auf sie zurückschlägt: wenn *sie* sich schamhaft dafür *verantwortlich* fühlen, daß ihnen keiner oder kaum einer zuhört. Aber auch aus Scham entsteht Kunst nicht.)

Ich nehme an, es gibt Leute, die ähnliche Hoffnungen haben wie wir und denen das Wort Kampf mehr als ein Fremdwort aus Sport und Film ist oder werden könnte. Falls diese Leute Gedichte wünschen, dann vermutlich solche, die die Eigenschaften der fünf oder sieben Sinne und die Wahrnehmungsfähigkeit für psychische und gesellschaftliche Prozesse wachhalten. Gedichte, die in die Winkel des Bewußtseins vordringen, wo Ängste, Träume, Erwartungen sitzen. Gedichte gegen die Sprachdemagogie der Werbetexter, Leitartikler, Regierungssprecher, Bürokraten usw. Gedichte mit mehr Aggressivität und Musikalität (als bisher hierzulande üblich). Mit mehr Phantasie – zum Ordnen, Stören, Vorausschweifen, Provozieren, und mehr Phantasie für Bündnisse mit anderen literarischen, musikalischen, theatralischen, filmischen Verständigungs- und Widerstandsformen.

➔ Zersetzen

Last, geschichtliche

In der ideologisierten Hitze der Debatte ist völlig untergegangen, in welchen Widerspruch, in welche Falle sich Walser mit seiner Terminologie begeben hat. Wer die Verbrechen der Vergangenheit nur als «Last» betrachtet und sich selbst als unfreiwilligen, niedergedrückten Lastenträger, wird aus dem Stöhnen und Ächzen nie herauskommen und das Ziel der «Normalität» ohnehin nicht erreichen. Er kann sich nur ins Ressentiment retten oder mit dem Abwerfen der Last «befreien» wollen. Stellvertretend für alle Deutschen sieht Walser sich als Opfer, das genug geschleppt hat und «nicht mehr belästigt werden» will, aber es bleibt unklar, «auf welche Last er dabei zielte» (M. Zuckermann).

Erstaunlicher als der Rückgriff auf das trübe Vokabular der fünfziger Jahre ist das antiaufklärerische Vorurteil, das hier waltet. Von «unserer geschichtlichen Last» wird gesprochen, als mache historisches Wissen den Wissenden zum Sklaven. Als sei Wissen nicht erleuchtend und befreiend. Die Verbrechen sind geschehen und mehr oder weniger bekannt, die Täter fast alle ausgestorben, und den Nachkommen bleibt, auf das Wissen mit Scham und Lernen zu reagieren. Bei Walser aber sind Wissen und Kennen der «Schande» nur negativ konnotiert. Kein Gedanke, daß Wissen etwas Produktives, Erleichterndes, Befreiendes sein kann, ein bereicherndes, notwendiges Ferment im demokratischen Alltag. Ist die Kenntnis der Fakten über eine verbrecherische deutsche Diktatur nicht eine einmalige Chance, ja fast ein Privileg unserer Gesellschaft? Woher könnten die Deutschen besser lernen, was sie an ihren demokratischen Freiheiten haben und wieviel Einsatz diese fordern?

Leitkultur, deutsche

Wenn Demagogen zu viel denken – nein, mit Merz lohnt die Debatte nicht, mit Bassam Tibi durchaus. Beide Begriffe, hat Norbert Bolz neulich geschrieben, «Leitkultur» und «Multikulturalität» sind denkfaule Konzeptionslosigkeiten. Ideale, Leitbilder, gesellschaftliche Ziele, die viel belächelten Werte – darüber soll fleißig diskutiert werden, selbst wenn es naiv, komisch, peinlich ausgeht. «D. L.» aber ist eine Falle, in die nun alle tappen – ich auch, wenn ich der WOCHE antworte. Das selbstverständliche Plädoyer für die Anerkennung der Gesetze und Sprache und gegen die Radikal-Toleranz richtet sich in der CDU-Version gegen Europa, gegen die Integration der als «Ausländer» Ausgegrenzten, gegen die deutsche Geschichte mit ihren destruktiven und konstruktiven Etappen. Eine Partei wie die CDU, die mit ihrer Medienpolitik, ihrer Vergangenheitsverdrängungspolitik, ihrer jahrelangen Verweigerung einer Einwanderungspolitik und ihrer z. T. kriminellen Machterhaltungspolitik so viel Kultur zerstört hat wie keine andere Institution in letzter Zeit, braucht erst einmal Nachhilfestunden in Sachen Kultur.

Lichterkette

Wer mit der Kerze geht, sollte allerdings auf einen optischen Effekt achten: Wenn die Lichter brennen, sieht man die zarte Flamme und das Gesicht des lieben Nächsten vor der Flamme, man wärmt und sieht im Licht vor allem seinesgleichen – aber erst, wenn das Licht aus ist, sind die andern nach und nach zu erkennen, weiter hinten im immer dunkleren Raum. Wenn es richtig ist, daß es «eine schweigende Mehrheit von Demokraten» gibt (Enzensberger), dann wird es spannend werden: Ist die Mehrheit dann noch eine, wenn sie zur Sprache findet? Ist also doch die politische Animation nötig? Worte machen, Vorschläge, die lästigen Selbstverständlichkeiten, damit nicht alles stockt im altdeutschen Blut, nicht blind wird im neudeutschen Licht?

Liebeserklärung an die Literaturkritik

Ernsthaft? Warum nicht so: Wie arm sind die guten Leute dran, die vollberuflich die Früchte vom Baum der Erkenntnis der Literatur nach Trends sortieren und wägen, wegen Überfütterung an fehlendem Hunger leiden und immer überdrüssiger, großräumiger, pauschaler urteilen. Ich kriege schon die Panik, wenn ich die Bücher gestapelt sehe, die durchschnittlichen Literaturredakteuren pro Woche geliefert werden. «Es hat seit Jahren kein wirklich bedeutendes Buch in der deutschen Literatur mehr gegeben», schrieb neulich ein ansonsten aufgeweckter Berliner Kritiker, er schrieb es wohl Frankfurter oder Hamburger Quellen nach. Als ich ihn fragte: «Finden Sie, daß beispielsweise Libuše Moníkovás ‹Fassade› kein bedeutendes Buch ist?», erbleichte er. Die Speicher- und Sortiersysteme des Betriebs funktionieren schlecht. Warum sonst «geht» das Moníková-Buch nicht wie eines von Milan Kundera? Warum «gehen» Joachim Schädlichs «Tallhover» oder «Schott» nicht wie neuerdings die Bücher Cees Nootebooms? Der Markt, der rätselhafte. Aber die Kritik? Zu analysieren wäre das allmähliche Verschwinden der Kritik aus der Literaturkritik in den letzten zwanzig Jahren. Und die Konjunktur der Häme, die von ihren Urhebern meistens mit Polemik verwechselt wird (Polemik setzt Sachverstand, zumindest Sachkenntnis voraus). Deshalb die Liebeserklärung an die Literatur*kritik*.

Liebe → Zweifel

Linke → Irrtümer, → Staat

Luise, Königin

Aller Ruhm beginnt damit, dass jemand sich nicht an Erwartungen und Vorschriften hält, aus der Reihe tanzt und eigensinnig bleibt. Auch die Geschichte der Luise.

Im Dezember 1793 rollt eine elegante grüne Kutsche von Darmstadt nach Berlin. Zwei junge Prinzessinnen sitzen darin, begleitet von ihrem Vater, dem Bruder und der Großmutter. Luise von Mecklenburg-Strelitz ist mit dem preußischen Kronprinzen Friedrich Wilhelm verlobt, ihre Schwester Friederike mit dessen jüngeren Bruder Ludwig, und in den Weihnachtstagen soll die Doppelhochzeit gefeiert werden. Aschaffenburg, Würzburg, Hildburghausen, Erfurt, Leipzig, überall jubelt man den schönen Bräuten zu. Die Umschwärmten sind siebzehn und fünfzehn Jahre alt, sie spielen mit, sie staunen, wie der Jubel von Meile zu Meile zunimmt. In Potsdam steigen die beiden Prinzessinnen in den goldenen Galawagen der königlichen Familie um, begleitet nicht mehr von Vater und Großmutter, sondern von zwei Hofdamen, die ihnen als Aufpasserinnen zugeteilt sind. Ganz Berlin ist auf den Beinen, Unter den Linden stehen die Bürger Spalier, Gilden, Zünfte, Deputationen salutieren. Kurz vor der Oper hat man eine Ehrenpforte erbaut, die Stadtoberen geben Huldigungen ab, Kinder singen und ein Mädchen überreicht Luise einen Myrtenkranz und ein Gedicht. Da geschieht das Unerhörte: Luise umarmt das kleine Mädchen und küsst ihr die Stirn.

Die Hofdame Voß ruft entsetzt: «Mein Gott, was haben Eure Königliche Hoheit getan, das ist ja gegen allen Anstand und Sitte!»

Und Luise: «Wie, darf ich das jetzt nicht mehr tun?»

Am nächsten Tag kennt ganz Berlin diese Antwort, und eine Legende entsteht, eine Lesebuchgeschichte. Ein richtiger Satz im richtigen Moment – und Luise ist ein Star. Eine künftige Königin, eine Frau von bestechender Schönheit und Anmut, doch was sie wirklich populär macht, sind ihre Natürlichkeit, ihre Liebe zu den einfachen Leuten und ihre spontanen Rebellionen gegen die höfische Etikette. Lebenslustig, klug, sinnlich, solch eine Frau eckt bei den Hofschranzen an, wird beliebt im Volk und ein Leitbild für das erwachende Bürgertum.

Den größten Skandal aber macht die Liebe. Es spricht sich herum, dass Friedrich Wilhelm und Luise sich wirklich lieben. Eine Liebesheirat in allerhöchsten Kreisen, das hat es in Preußen seit Menschengedenken nicht gegeben. Friedrich Wilhelm II. war berüchtigt für seine Casanova-Allüren, Friedrich der Große für seinen Weiberhass und Friedrich Wilhelm I., der Soldatenkönig, für seine Tyrannei gegenüber Frau und Kindern. Und nun: Friedrich Wilhelm III. und Luise, ein Liebespaar auf dem Thron, eine Liebe, die auch nach der Geburt der Kinder nicht nachlässt, es werden neun Kinder in 14 Jahren. Auch in anderen Herrscherhäusern Europas kennt man eine solche Sensation kaum: Ein König, der seine Frau verehrt und respektiert, auch ihre gelegentlichen Flirts mit anderen Herren aushält und ihr treu bleibt, und eine galante Königin, ebenso treu, die selbstbewusst, eigensinnig und einfühlsam ihrem Mann beisteht, sogar mit klugem Rat.

Von den vielen Geburten geschwächt, von den nasskalten ostpreußischen Wintern angeschlagen, von den Demütigungen Napoleons erschöpft, starb sie im Sommer 1810, nur ein halbes Jahr nach der Rückkehr aus dem Exil. Sie war 34 Jahre alt. Von allen vermisst und betrauert, wurde sie sogleich zur Nationalheiligen. Gerade weil sie so jung gestorben, weil kein Schatten des Alters auf ihr Gesicht gefallen ist, stieg sie in die Aura der Unsterblichkeit auf. Eine preußische Venus und Madonna.

Den Deutschen, zumal den Preußen, haftet nicht gerade der Ruf an, einen feineren Sinn für Erotik entfalten zu können. Luise scheint da eine Ausnahmegestalt gewesen zu sein. Luises Erotik und der preußische Militarismus – ein größerer Gegensatz ist schwer denkbar. Aber aus solchen Gegensätzen formt sich die Welt. Luise stellte, wenigstens für siebzehn Jahre, einmal das Gleichgewicht zwischen Eros und Thanatos her. Eine solche Ausnahme auf deutschem Boden ist alle Legenden, Biographien, Denkmäler und Gedenkstätten wert.

Marktwirtschaft → Arbeit ruiniert die Welt → Ersatzreligion

Mauer → Potsdamer Platz

Metropole

Ein Mensch aus einem anderen Kontinent reist, mit der Bahn aus Österreich kommend, nach Berlin. Im südlichen Deutschland steigen vier junge Männer in das Abteil des Ausländers, der sich durch dunkelbraune Hautfarbe auszeichnet. Die vier beginnen, den Fremden erst mit Witzen, dann mit blöden Drohungen zu belästigen. Sie schlagen ihn, im Zug, wo er nicht fliehen kann, und sie schlagen ihn noch auf dem Bahnsteig in Berlin-Lichtenberg, wo ihm niemand hilft, auch die Polizisten in der Nähe nicht.

Solche Geschichten passieren täglich, wenige stehen in der Zeitung, und auch die mag man ja nicht mehr lesen. Jeder hat so etwas mal beobachtet oder von Bekannten gehört. Die Reaktion ist meistens eine mit Achselzucken gemischte Empörung über die nach Schema Nazi beurteilten Skins. Die Bösen, das sind die anderen. «Ich bin öfter verprügelt worden», sagte der Geprügelte, ein Bürger der USA, «aber bei uns zu Hause bilden sich schnell zwei Parteien. Da gibt es sofort welche, die zu dir halten oder dazwischengehen. Aber hier in Berlin: Da stehen die Leute um dich rum, im Sicherheitsabstand – und keiner verteidigt dich. Du bleibst allein. Das ist der Unterschied.»

Ein kleiner Unterschied mit Folgen. Viel wird darüber spekuliert, ob und wie Berlin nun zur großen europäischen Metropole wird. In der Tat begeistert es viele Leute, auch mich, daß Berlin, aus dem Zustand der künstlichen Idylle entlassen (so die West-Perspektive), den so rauhen wie herzlichen Wind einer Weltstadt zu spüren bekommt.

Aber manchmal beschleicht einen der Verdacht, daß uns Berlinern für die Rolle der Weltstädter noch die eine oder andere Kleinigkeit fehlt. Der verprügelte Amerikaner hat mich wieder darauf gebracht. Was fehlt, was sich im Osten nicht entwickeln konnte und im Westen nie so recht gefragt war, ist eine Tugend, für die wir nur ein Fremdwort haben: Zivilcourage. Wenn die Mehrheit aus Angst wegschaut, während die Minderheit verprügelt wird, sind nicht mehr die Skins das Problem, sondern die fehlende Courage der Zivilisten. Nicht nur dann, wenn die Uniformierten, die der Amerikaner «Skins with a job» nannte, ihren Amtseid vergessen.

Millionäre → Anarchisten, Fußball

Mißverständnisse

Mißverstanden wird man sowieso, meistens sogar mit Absicht.

Mitte

Kohl oder sagen wir: die sogenannte Mitte ist allerdings verantwortlich für die Ermutigung der Gewalttäter, für die Anstiftung zu weiteren Taten. Damit meine ich nicht nur die Milde der Richter, Polizisten und Polizeiführer gegenüber den Gewalttätern, damit meine ich vor allem die sächsischen Politiker, die mit ihrem Vorgehen in Hoyerswerda das Feuer an weitere Brandfackeln gelegt haben. Die Forderung der Skins mit und ohne Glatze «Ausländer raus!» wurde nicht etwa energisch zurückgewiesen, sondern brav erfüllt, indem man Busse vorfahren ließ und die unerwünschten Leute gehorsam wegtransportierte, angeblich zu ihrer Sicherheit, als gäbe es keine Polizei oder keinen Bundesgrenzschutz in diesem Land, und an andere Orte schaffte, damit da wieder gebrüllt und gebrannt werden konnte. So wurden beinah jeden Tag neue «Siege» möglich, von denen sich die Rechten zu immer weiteren Folgetaten ermuntert fühlen konnten.

Kein Politiker, kein Landrat oder wer immer, ist, so viel ich weiß, für diese Begünstigung des Terrorismus im Amt zur Rechenschaft gezogen worden. Und was die höheren Politiker damals versäumt haben, begreifen die einsichtigsten vielleicht erst heute. Hier sehe ich, neben der klammheimlichen Sympathie einiger Bonner und Münchner Herren, das Versagen der selbsternannten «Mitte», die das Asylthema als Wahlkampfthema ausschlachten wollte und nun das Land mit lauter kleinen Schlachtfeldern bestückt hat.

Mode → Zweifel

Motto
vom alten John Donne, das ich vom alten Franz Tumler («Volterra») habe: «To find out what you cannot do and then go and do it.»

Müller, Heiner
«Dschuhs», sagte Müller auf die Frage des Kellners, was er trinken wolle. Der Kellner verstand nicht, und Müller wiederholte, deutlicher: «Dschuhs!». Als auch das nichts nützte, übersetzte ich dem Kellner, was der DDR-Bürger wünschte, «Saft, Orangensaft». Der eine konnte nicht wissen, daß sich die DDR mit dem Import von englischen Begriffen für einfache Dinge wie «Saft» oder «Brathuhn» den Anschein westlicher Weltläufigkeit verschaffen wollte. Der andere wußte noch nicht, daß diese Begriffe im Westen nicht verstanden wurden oder als provinziell galten.

So fing die Geschichte an, die mich zum Müller-Schmuggler machte. Wir saßen mit Karlheinz Braun vom Verlag der Autoren und Klaus Wagenbach in einer

Gaststätte im westlichen Berlin nicht weit vom Schiller-Theater, wo die «Horatier» vorbereitet wurden, etwa im Dezember 1972. Der Frankfurter Verlag der Autoren vertrat Müllers Stücke in der Bundesrepublik und versuchte, den Verleger und den Lektor des Wagenbach Verlags zu einer Publikation dieser Stücke zu animieren. Klaus Wagenbach war skeptisch, wie meistens. Mich interessierte dieser Autor, von dem ich damals vielleicht zwei, drei Stücke gelesen hatte – auch deshalb, weil er ähnlich schüchtern war wie ich. Freundlich, eigensinnig. Bescheiden, beharrlich. Witzig, leise. Ich ahnte nicht, welche Schätze er in seinen Schubladen hatte. Es war die Zeit, in der Müller noch als «junger, begabter» Dramatiker und schon als schwierig, unspielbar gehandelt wurde. In der DDR war er unerwünscht oder angefeindet, und im Westen fingen einzelne Theaterleute an, sich für die Stücke zu interessieren – nicht zuletzt deshalb, weil ihr Autor in der DDR so gut wie nicht gespielt wurde. Die zwei Bücher, die es von ihm gab, waren Ladenhüter. Gewinn und Ruhm waren mit Müller oder gar mit einer Müller-Edition nicht zu erwarten.

Nach der Gründung des Rotbuch Verlags (infolge des Krachs mit Wagenbach im Frühjahr 1973) nahm ich wieder Kontakt zu Heiner Müller auf, und nach einigen Besuchen am Kissingenplatz in Pankow waren wir uns im November 1973 einig: Wir publizieren nach und nach, beginnend im Frühjahr 1974 mit «Geschichten aus der Produktion l», eine Werkausgabe nach dem Vorbild der Brechtschen «Versuche», also Texte in produktiver, reibungsstarker Reihenfolge und nicht im Käfig der Gattungen. Sieben Bände oder mehr. Das Ergebnis ist bekannt.

Arbeit gab es genug – die komplizierte Rechtslage, die Suche der Bilder, die Auswahl der Texte. Dazu immer wieder neue Abwägungen, wann und wie mit einer Behörde (wie dem «Büro für Urheberrechte», der Zensurbehörde für das «Ausland») zu kooperieren sei, wann und wie sie ignoriert werden sollte. Wenig konnte brieflich fixiert werden, am Telefon sprachen wir nur Termine ab. Zuverlässigkeit war Müllers Stärke nicht. Alles mußte direkt besprochen, nichts durfte der Post (also der Stasi) überlassen werden. Fünf Jahre lang fuhr ich mindestens zweimal im Monat über die Grenze, um mit Heiner diese Kleinarbeit voranzubringen.

Die Zusammenstellung jedes einzelnen Bandes war zu besprechen, die verborgenen Kommentare und Kontraste der Texte untereinander. Besonders bei der Kurzprosa und den Gedichten fragte Heiner Müller immer wieder: «Taugt das was? Können wir das bringen?» Die meisten dieser kleineren Texte (von «Bilder bedeuten alles am Anfang» bis «Todesanzeige»), aber auch die «Hamletmaschine» und vieles mehr trug ich im Rücken zwischen Hemd und Haut über dem Gürtel versteckt über die Grenze. Es empfahl sich, auch die bereits «genehmigten» Texte, die vom Henschel Verlag als Bühnenmanuskripte gedruckt waren, am Körper über die Grenze zu bringen – man ersparte sich damit Verhöre und Scherereien. Als Schmuggler bin ich nie erwischt worden, die Zöllner filzten im allgemeinen nur das Auto, Taschen, Mäntel. Und fünf Minuten vor Mitternacht, hoffte ich, fingen sie keine Leibesvisitation mehr an. Angst hatte ich selten, trotzdem bekam das dünne Papier der Manuskripte jedesmal etwas Rückenschweiß ab.

Es war ein Vergnügen, ihn über Gott und Welt und

alles reden und Witze machen zu hören – lange vor den Interviews, die ihm später Extraportionen Ruhm eintrugen. Wie alle, die ihn besuchten (und die Besucherfrequenz verdoppelte oder verdreifachte sich zwischen 1973 und 1978), bewunderte ich, wie er Probleme und Gedanken verknappte und vom Kopf auf die Füße stellte. Ich kannte einige DDR-kritische Autoren in Ost-Berlin, keiner schien mir so illusionslos und antiideologisch wie Heiner. Selbst wenn er wieder einmal trotz aller Versprechen einen Text nicht fertig hatte – immer verließ ich seine Wohnung, ob mit oder ohne Whisky im Kopf, heiterer, als ich gekommen war.

Das Wort «juice» habe ich nie mehr von ihm gehört. Immer öfter aber «Whisky». Da gab es keine Mißverständnisse, erst recht nicht im westlichen Berlin.

Mythos → Weltmeister

Nation → Wunschzettel → Vereinigung, deutsche

Notstand, sprachlicher

Der Anspruch, der diesem Preis in die Präambel geschrieben wurde, ist höher, als er auf den ersten Blick scheint. «Unsere Zeit ist geprägt durch ihren sprachlichen Notstand», heißt es da. «Wir müssen um unsere Sprache besorgt sein.» Bei der jährlichen Wahl einer Schriftstellerin oder eines Schriftstellers zum Mainzer Stadtschreiber schwingt also etwas von der Hoffnung mit, dieses Subjekt oder seine Inthronisation unter Scheinwerfern oder seine Arbeit beim ZDF könnte diesem Notstand ein wenig abhelfen.

Das ist, verzeihen Sie, ein ehrenwerter Gedanke, eine unmögliche Aufgabe. Sogar für einen Autor, der über einige Erfahrungen verfügt, sprachlichen Notstand zu dokumentieren und satirisch bloßzustellen, am Beispiel eines Bundeskanzlers, es war Anno Erhard, am Beispiel eines Konzerns, es war die Siemens AG in den frühen siebziger Jahren, und den sprachlichen Eiertanz am Beispiel der sprachgewandtesten und vielseitigsten Tageszeitung, es war die FAZ in den mittleren achtziger Jahren. Aber heute, 1997, scheinen diese Mittel erschöpft – und andererseits, wer weiß denn heute noch ein Feld, wo kein sprachlicher Notstand zu diagnostizieren, zu beschreiben wäre?

Es bleibt die Gegenwelt der Kunst, es bleibt das unendlich reiche, anregende, befreiende Minderheitenprogramm der alten und der neuen Literatur. Diese Inseln der Kunst inmitten der sprachlichen Notstandsgebiete schrumpfen durchaus nicht, sie werden sogar mehr und mehr gesucht und angesteuert, und sie werden, behaupte ich, in Zukunft mehr Attraktivität gewinnen als verlieren.

Aber warum befällt einen dies leise Gefühl von Peinlichkeit beim Stichwort ‹sprachlicher Notstand›? Weil niemand mehr davon auszunehmen ist, auch nicht die Zunft der Schriftsteller, zumal dann, wenn sie Reden halten? Oder weil selbst die Sprachkritik zum Wettbewerb um mediale Aufmerksamkeit geworden ist? Siehe «Unwort des Jahres», das schreit ja schon lange nach einer Polemik gegen die Wortschöpfung «Unwort».

Nein, ich glaube, die Peinlichkeit geht tiefer. Ist es nicht vielmehr der wachsende Schrecken über das, was uns der Wachstumswahn beschert: ein, auch staatlich geförderter, Arbeitsnotstand, ein, auch staatlich geförderter, Bildungsnotstand, Umweltnotstand, Schuldennotstand, und das Verbrechen, daß ausgerechnet das reichste Deutschland, das es je gab, der Jugend immer weniger ermunternde Perspektiven bietet – trägt all das nicht dazu bei, uns immer sprachloser zu machen? Also auch humorloser?

Wenn die Wirtschaft allein unter dem Diktat des DAX und Dow Jones betrieben wird – wenn denjenigen, die handeln könnten, den Politikern, nicht viel mehr einfällt, als «Schwarzer Peter» zu spielen und dann vor den Mikrophonen Wortnebel steigen und sinken zu lassen – wenn Journalisten eher Worte oder Widerworte als Taten oder Nicht-Taten kommentieren – wenn wir alle von Informationen umstellt, zugeschüttet, eingeschüchtert sind, können wir dann noch so unschuldig wie in den achtziger und siebziger Jahren von «sprachlichem» Notstand sprechen?

Obszönitäten des Alltags

Was ist der Unterschied zwischen Fuchsbergers Talkshow und Lembkes Beruferaten? Fuchsberger ist obszön, Lembke nicht. Beim Beruferaten triumphiert das Ritual (in dem noch die Wertarbeit der fünfziger Jahre steckt) über jede schlüpfrige Anbiederei. Wo Distanzen weggelogen werden, wird es obszön. Ein Gipfel des Obszönen war es beispielsweise, als Ronald Reagan ein «fernsehgerechtes» Konzentrationslager suchen ließ und dort seinen Auftritt absolvierte.

Ich gebe zu, ich habe eine Schwäche für solche «Obszönitäten des Alltags». Unvergeßlich sind mir vor allem die Fernsehminuten und -sekunden, in denen plötzlich überraschende Momente von Wahrheit & Wahnsinn aufleuchten.

Erinnern Sie sich noch an den «Tag für Afrika»? Mir

wird er nicht nur wegen Heino in Erinnerung bleiben, der «Am Brunnen vor dem Tore» sang, um auf die schlechte Wasserversorgung in Afrika hinzuweisen. Nicht nur wegen eines Ministerpräsidenten, der sich und seine Beamten beim mittäglichen Verzehr von Fladenbrot und Hirsebrei filmen ließ. (Nichts gegen einen «Tag für Afrika», wenn es einer ist – und wenn wir die übrigen 364 Tage, eingedenk unserer Rüstungsexporte, Preisdiktate und Exporterlöse, als «Tage gegen Afrika» begreifen.)

Unvergeßlich wird die Obszönität da, wo man sie kaum erwartet: das Bundeskabinett vor der Tagesschau-Kamera. Wir sehen den Minister für wirtschaftliche Zusammenarbeit mit einer Sammelbüchse, die er grinsend seinen Kollegen vors Hemd hält, die artig den einen oder anderen Schein zücken. Dann ist der Kanzler im Bild. Ton: «Heute tun wir mal was Gutes!» Während der Zuschauer noch überlegt, ob der Kanzler tatsächlich meint, er tue gewöhnlich alles andere als Gutes, hält der schon sein Portemonnaie in der Hand, blättert es auf, greift drei Hundertmarkscheine und quetscht sie in den Büchsenschlitz.

Was ist daran so unvergeßlich obszön? Keinesfalls der Kanzler selbst und sein verblüffender Originalton. Auch nicht, daß die 300 Mark gar nicht von ihm, sondern aus einem Etat seines Amtes kamen, wie wir später erfuhren. Obszön ist schon eher das: Ein Politiker führt einem Millionenpublikum vor, wie er, der hin und wieder – für seine Partei – Geldscheine in Briefumschlägen angenommen hat (welch fortschrittsfeindliche Scheu vor bargeldlosem Zahlungsverkehr!), die Hunderter anzufassen pflegt.

Drei Scheine, die nicht recht in den Büchsenschlitz

passen – aber in das obszöne Grinsen der Herrenrunde (die Dame hielt sich im Hintergrund). Gesichter, die auf die Pointe eines Witzes scharf sind, «mal was Gutes tun»! Sie verraten: Es verbindet sie nichts mit denen, für die sie da spenden, nicht einmal Mitleid, nicht einmal ein gutes oder schlechtes Gewissen. Sie sind nicht ahnungslos, sie zeigen sich nur durch und durch schamlos.

Oper → Sponsoren

Parlament → Wunschzettel

Pazifismus

Der Pazifismus nach dem 11. September ist zu einem Glauben, einer Ideologie verkommen. Als einer, der sehr oft die Grünen gewählt hat, sage ich: Entweder man huldigt einem Glauben – oder man macht Politik, also Kompromisse, beides zusammen geht nicht. Und ich finde es beschämend, dass nicht einer der Abweichler bei den Grünen in der Debatte um die Vertrauensfrage gesagt hat: Ich habe gesehen, wie die Frauen sich freuen in Kabul, wie die Leute aufatmen, wie die Versorgung nun leichter wird dank der Bomben, die ich hasse, also ändere ich meine Meinung und stimme für den Bundeswehreinsatz und den Kanzler. Nein, man bleibt borniert, hält narzisstisch das eigene Gewissen für gut und alle andern für böse. Typisch deutsch, sagte man früher. Auch die Freiheit, pazifistisch zu sein, verdanken wir einem Krieg.

Polemik → Gruppe 47

Potsdamer Platz

Seit dem 2. Oktober gilt alle Berlinische Neugier der debis-Welt am Potsdamer Platz, und ich erinnere an die schöne Pointe: Daimler hat seine Hochhäuser an dieser Stelle, das hat man längst vergessen, dem rot-grünen Senat zu verdanken. Vor rund zehn Jahren wurde das Grundstück für wenige Millionen fast verschenkt, die Grün-Alternativen aber wollten mehr Geld von dem Konzern. Was für ein archetypischer Streit war das, als die Grünen unter Führung der Tochter Albert Speers gegen Daimler unter Führung des Emigranten-Sohnes und SPD-Freundes Reuter um den Preis für den noch von der Mauer begrenzten Potsdamer Platz kämpften!

Trotz der fertigen debis-Fassaden wird die Info Box der Ort bleiben, wo die Hauptstadt, wo die Republik in ihre Zukunft schauen darf. In dem eleganten, frechroten Container über dem Potsdamer und Leipziger Platz haben sich seit 1995 mehr als 5 Millionen Touristen und Berliner über die laufenden Bauvorhaben informiert. Modelle, Erklärungen, Computersimulationen, Schautafeln, beste Absichten. Der provisorische Stahlkasten ist zum Mittelpunkt einer Stadt geworden, die ihre Mitte sucht.

In der Info Box steht eine Sound Box, eine gläserne Kabine, in der man auf Knopfdruck verschiedene Geräusche abrufen kann. Eine Taste ist beschriftet: 2035? Man hört eine Roboterstimme, welche die Ankunft eines Spacetrain ansagt, dazu Technotakte, jaulende Piepstöne. Die menschliche Stimme ist wegrationalisiert, Science-fiction-Abklatsch im Berliner Zentrum.

Ich geb es zu, ich mag die Banalität solcher mythischen Orte. Wo einst die Mauer trennte, wächst nun triumphal das Neue, eine hektische Vereinigung aus

Stahlbeton, Glas, Klinker und Glasfaserkabeln. Doch je mehr gebaut wird, desto größer die Rätsel: Was ist das Neue, das die einen feiern und die andern fürchten? Der frische Glanz belebt die alte Sphinx Berlin.

Im Jahr 2035 nur Glashäuser und Roboterstimmen? Das kann nicht alles sein, denke ich, oben auf der Aussichtsplattform der Box. Kann eine Stadt, in der orthodoxe Juden mitten auf dem Kurfürstendamm angepöbelt werden, eine Stadt, die nicht einmal mit dem Problem der Hundescheiße fertig wird und die es zuläßt, daß ein einziger CDU-Husar eine ganze Große Koalition am Gängelband hält, kann eine solche, überdies politisch geteilte Stadt zum Zentrum einer modernen Republik werden?

Ja, sie wird es. Weil sie es schon ist: mittenmang in allen Widersprüchen.

Es sieht so aus, als läge die positive Antwort für Berlin und die Zukunft der Republik in der Weite des Horizonts vom Potsdamer Platz: zwischen den pompösen, bunkerhaften, unwirtlichen debis-Bauten und dem offenen Sony-Gelände, zwischen dem Kulturforum, der fernen Glaskuppel des Reichstags, den Tunnelschächten, dem Tiergarten und dem Brachgelände für das Holocaust-Mahnmal.

Hier haben wir ein Forum Germanicum, ein durchaus lebendiges, wo Trümmer und Bauten deutscher Geschichte dichter als anderswo beieinanderstehen. Auch wenn der Führerbunker zugeschüttet, die Mauer bis auf einen Vorzeigerest, der bald verschwinden wird, unsichtbar geworden ist, es bleiben einige runderneuerte Stücke aus der Vergangenheit, die nun in die neue Bundesherrlichkeit eingegliedert werden: Reste des preußischen Klassizismus, des Kaiserreichs, der Nazizeit, der DDR und des amerikanischen Berlins. 1791, 1871, 1919, 1933, 1945, 1961, 1989 – alles da. (Wie feige wäre es, das sieht man schon jetzt, den Eisenmanschen Holocaust-Friedhof – oder einen provozierenden Ersatz – südlich vom Brandenburger Tor aus diesem Ensemble zu tilgen.)

Was hat der Kreuzpunkt der deutschen Geschichte mit den Roboterstimmen des Jahres 2035 zu tun? Eine ganze Menge. Elektronik, Digitalisierung, Mechanisierung werden die künftige Republik stärker bestimmen als preußische oder nationalistische Traditionen. (Nebenbei: Keine deutsche Stadt ist internationaler als Berlin, darum hat der Nationalismus hier kaum Chancen. Und die Berliner Türken werden vielleicht die letzten Preußen sein.)

Preußen

Erstaunlich, was so ein «Preußenjahr» bewirkt: Überall, nicht nur im Raum Berlin und Brandenburg, auf allen Feldern der Medien stehen Leute auf, die über Preußen etwas zu sagen haben. Die meisten verfallen bei diesem Thema sofort in positive oder negative Erregungen und beginnen reflexartig über das Für und Wider, das Wenn und Aber, die Dialektik von Nostalgie und Aufklärung oder über das alte Wechselspiel von Heroisierung und Verteufelung zu streiten.

Warum werden alle Leute beim Thema Preußen gleich so preußisch grundsätzlich und springen in die Schützengräben der Ideologien? Es schadet doch nichts, wenn ein paar Fakten verbreitet oder im Gedächtnis wieder zurechtgerückt werden. Niemand muss sich genieren, daß Preußen lange vor den anderen europäischen Staaten Hexenprozesse und Folter abschaffte und die Sklaverei verbot. Niemandem schadet zu wissen, dass dieser höchst umstrittene Staat vor fast allen anderen Staaten das Los der Bauern erleichterte, die Religionsfreiheit und die Schulpflicht einführte, usw. usw.

Was aber treibt so viele Menschen in die Museen und Ausstellungen? Weshalb lassen sie sich sogar monarchistische Sonntagspredigten gefallen?

Bildungshunger allein wird es nicht sein. Natürlich liegt der Verdacht nahe, die neue Preußen-Konjunktur verdanke sich einem historischen Ausgleichssport. Hier darf man sich einem Teil der deutschen Geschichte nähern, der, zumindest vor 1870, nicht mit schweren Verbrechen vergiftet ist (wenn man einmal von der Polenpolitik absieht). Eine ziemlich unbekannte und spannende Geschichte, nicht beladen mit Nazi-Schuld und Nazi-Verdacht.

Nein, das Rätsel, scheint mir, liegt tiefer. Preußen ist deshalb so attraktiv, weil es mit Mann und Maus untergegangen ist. Die ‹Titanic› der Historie. Weil es, ohne Zutun oder gar Schuld der heute Lebenden versunken ist, mitsamt seinen berühmten Tugenden und dem Verantwortungsdenken und staatstragenden Anti-Egoismus. Schon im Kaiserreich war nicht mehr viel von den so genannten Tugenden übrig, aber heute scheinen die obersten dieser Gebote, Ehrlichkeit – Unbestechlichkeit – Gemeinsinn, völlig ins Gegenteil gekehrt. Korruption ist nicht mehr die Ausnahme, sondern Alltag.

In der Statistik der Organistion Transparency International, die den Grad an Korruption in der Wirtschaft und Politik eines Landes abschätzt, ist Deutschland in den letzten Jahren um mehrere Stufen nach oben geklettert – nicht an die Spitze, aber doch mit der stärksten Zuwachsrate. Fast alle Skandale der letzten Jahrzehnte sind Korruptions-Skandale gewesen. Die Krönung haben wir bei einem Altkanzler erlebt, der, nicht anders als ein Mafiaboss, den Freundschaftsdienst über das Gesetz stellt. Nicht besser ein kürzlich enttarnter Beherrscher Berlins, der sich als größter Plünderer der Stadt entpuppte.

Es gibt sie noch, die Sehnsucht nach einem unbestechlichen, sparsamen, selbstbewußten Staat. Preußen liefert Maßstäbe, wird also gebraucht.

➔ Berlin-Brandenburg

➔ Luise, Königin

Privatfernsehen

Die Entwöhnung des Lesens durch ein totales Fernsehangebot zeichnete Dietrich Ratzke vor, Chef vom Dienst der einflußreichen «Frankfurter Allgemeinen Zeitung». Ratzke, der die Einführung neuer technischer Informations- und Kommunikationsmedien in seiner Zeitung zu Recht als «eine Art Kulturrevolution» feiert, ist sich der zu erwartenden Nachteile durch die Vervielfachung des Medienangebots durchaus bewußt. Unter anderem nennt er die «Reduktion intellektueller Funktionen, wie zum Beispiel des Lesens». Solche Nachteile sollen aufgewogen werden durch Vorteile wie «Lebenshilfe» und «freiheitliche Vielfalt des Informationsangebotes» (FAZ 23. 5. 1981).

Auf dem Bielefelder Kongreß versprach Ratzke nun 50 bis 60 Fernsehprogramme bis zum Ende dieses Jahrzehnts – über Kabel und Satellit, ausländische und inländische Programme, die Reste öffentlich-rechtlicher Programme und Kommerzkanäle. Im Namen des Marktes und der Freiheit forderte er einen Zustand, in dem kein Jugendlicher mehr die Freiheit haben wird zu sagen: «im Fernsehen ist nichts los». Den Schwärmern von der Vervielfachung der Programme reichen offenbar die durch das Fernsehen begünstigten psychischen und gesellschaftlichen Deformationen noch nicht. Es gibt ja Untersuchungen aus den USA, nach denen die Menge des Fernsehkonsums von Kindern und Jugendlichen in direktem Verhältnis zu ihrer Sprachunfähigkeit und Ausdrucksunfähigkeit (nicht: Intelligenz) steht. Viel Fernsehen verhindert Spracherwerb, produziert Quasi-Analphabeten – aus keinem anderen Grund müssen Colleges in den USA heute schon Schreib- und Lesekurse für ihre Studenten anbieten (Marie Winn, «Die Droge im Wohnzimmer – Für die kindliche Psyche ist Fernsehen Gift»). Da die Stunden des Fernsehkonsums bei 60 Programmen auch hierzulande nicht gerade abnehmen werden, tritt der Mann der FAZ, die in ihren Leitartikeln und Feuilletons gern den Verfall von Bildung und Kultur wortreich beklagt, im Namen der «Informationsbedürfnisse» für den Abbau des Wortschatzes, die schleichende Analphabetisierung ein.

Ich will hier nicht einstimmen in das Lamento über die Folgen der Fernsehkultur. Als Literat, mit dem anachronistischen, «sentimentalen Verhältnis» zum Papier, kann ich mich jedoch nicht damit begnügen zu wissen, welche wirtschaftlichen und politischen Interessen hinter den Rednern stehen, die uns mit Kommerzsendern Freiheit und nichts als Freiheit bescheren wollen. Wenn ich solche Reden höre, denke ich nebenbei auch an die Folgen für die Literatur. Die Literatur selbst, so vermute ich, wird vielleicht sogar aufleben, auf jeden Fall wird sie sich gegen hundert Fernsehprogramme nicht schlechter behaupten, als sie sich gegen Kaiser und Zensoren, gegen Diktatoren und Didaktiker behauptet hat. Denn je mehr die passiv machenden Medien durch unterirdische Kabel und Satelliten «am Himmel» auf uns einstrahlen, desto eher werden das vergleichsweise aktive Lesen, die vergleichsweise lebendigen und anregenden Bücher immer mehr als produktive Formen der Verweigerung, als unentbehrliches Futter für Phantasie und Verstand gefragt und gebraucht werden. Allerdings werden immer weniger Leute die Fähigkeit entwickeln und behalten können, die schon heute rapide abnimmt, die Fähigkeit und die Geduld zu lesen und sich auf Kompliziertes einzulassen. Die Absage an das Gutenberg-Zeitalter scheint also zum Einstieg in ein neues Mittelalter zu werden: eine Handvoll Gelehrter und Literaten kann ein blühendes Geistesleben in kleinen Zirkeln entfalten, die menschlichen Errungenschaften des Denkens, Staunens und Phantasierens bewahren, und 99,98 Prozent der Bevölkerung bleiben in der allein seligmachenden Fernsehkirche. «Fernsehen macht nur die ‹Dummen› dümmer, Intellektuelle sind mal wieder fein raus ...» (Jürgen Lodemann).

Prozesse

Würden Sie also wieder für ein Buch einen Prozeß riskieren?

Ich riskiere keine Prozesse. Ich habe noch keinen Prozeß begonnen. Und nie mit Prozessen gerechnet, weder im Fall Siemens noch im Fall Helmut Horten, der sieben Jahre nach der Veröffentlichung plötzlich zwei Zeilen in einem Gedicht geändert haben wollte. Bei diesen Klagen habe ich mich nach Kräften gewehrt und die Methode meines Schreibens erklärt. Ich habe inzwischen keine Angst mehr vor Prozessen, sie sind nur äußerst lästig und ermüdend. Da ich in der relativen Freiheit unserer Gesellschaft arbeite, muß ich auch damit rechnen, daß andere sich betroffen fühlen und ihr Recht suchen. Wo beim Recherchieren Fehler vorkommen, sollen sie korrigiert werden, aber ich hoffe, ich werde aus Angst vor Prozessen nie ein Wort oder ein Komma ändern, das mir literarisch und politisch richtig erscheint. Kurz, das Risiko bleibt, und das ist gut so.

RAF

Die düstere Geschichte der RAF mit dem Höhepunkt ihres Kampfes gegen den Staat 1977 wird vor der Folie der deutschen Geschichte nicht heller, eher noch gespenstischer. Es ist oft und zu Recht behauptet worden, daß zumindest die erste, auch die zweite Generation der RAF aus Wut gegen die Verbrechen und das Mitläufertum der Väter agierte. Das war ein Essential der Studentenbewegung: Man wollte alles andere als Faschismus. Jeder Student wußte, wie sehr die alten Nazis die junge Bundesrepublik geprägt hatten. Psychologische Gründe wie die Opposition gegen die Väter verstärkten den Antinazismus. Empörung über die Polizei, die Notstandsgesetze, den Opportunismus gegenüber dem Vernichtungskrieg in Vietnam (3,6 Millionen Tote bis 1975) und die groben autoritären Strukturen waren Nährboden für den Faschismusvorwurf. Um 1970/71 strengten sich sogar Theoretiker wie André Glucksmann an, die Zustände in Westeuropa als «Neuen Faschismus» zu verkaufen. Auch die RAF wollte, soviel ist sicher, alles andere als Faschismus, das aber mit Gewalt. Dieser Falle konnte sie nie entrinnen. Faschismushysterie wurde mit Faschismushysterie beantwortet. Den traurigen Höhepunkt lieferte Ulrike Meinhof, als sie – nach der Ermordung israelischer Sportler 1972 in München durch ein palästinensisches Kommando – Israel, die einzige Demokratie im Nahen Osten, als faschistischen Staat gleich doppelt verhöhnte.

Die Täter der RAF waren «irre geworden an der deutschen Geschichte» (Otto Kallscheuer/Michael Sontheimer). Sie diskutierten nicht, sie dekretierten. Ihre Bomben lösten nicht ein einziges Problem, sondern produzierten neue. Fixiert auf das «Probieren» von Gewalt, vergaßen sie, daß Faschismus da anfängt, wo Sätze fallen wie diese: «Wir sagen natürlich, Bullen sind Schweine, wir sagen, der Typ in Uniform ist ein Schwein, das ist kein Mensch, und so haben wir uns mit ihm auseinanderzusetzen. Das heißt, wir haben nicht mit ihm zu reden, und es ist falsch, überhaupt mit diesen Leuten zu reden, und natürlich kann geschossen werden.»

Die Reduktion der Sprache spiegelt die Reduktion der Wahrnehmung: «Die Knarre spricht.» Aus den Parolen «Mensch oder Schwein» und «Alles auf den Begriff Haß bringen» folgte logisch die Kriegserklärung an alle Feinde und Skeptiker. Dreißig Jahre nach dem Zweiten Weltkrieg, gegen Ende des Kalten Krieges, wieder diese so kerndeutsche wie schicke Kriegssucht. Während des Stammheimer Prozesses gipfelte sie in dem Begehren der Angeklagten, als Kriegsgefangene behandelt zu werden.

Wer «Krieg» sagte, den Krieg erklärte, mußte damit rechnen, daß ein solcher innerstaatlicher Krieg nur verloren werden konnte.

→ Schleyer-Paradox

→ Staat
→ Herbst, deutscher

Rassismus → Wagenburg

Reichtum → Anarchisten, → Unfähigkeit zu loben

Republik

Die republikanische Tradition? Ja, welche denn sonst! (Solange der Sozialismus keine hat, auf die man sich berufen könnte.) Die verschmitzte Diktatur der Pessimisten, die immer recht haben, ist mir ebenso fremd wie die Monarchie der Optimisten, die meistens unrecht haben. Der Anarchismus der Bankiers ist ebenso untauglich für die Zukunft wie der Terrorismus der Religionen. Bei allen Unterschieden zwischen nachkolonialen und spätstalinistischen und christlich-demokratischen Polizeistaaten, sie alle sind nicht besser zu messen als an den republikanischen Formeln / Forderungen von 1789.

Roman zur deutschen Einheit?

Simmel und Hilbig kreuzen? Wenn ich beklage, daß bislang wenige Autorinnen und Autoren sich den neuen Verhältnissen zu nähern scheinen, meine ich nicht, unsere Zunft sei aufgerufen, schleunigst «den Roman zur deutschen Einheit» abzuliefern. Die Erwartung ehrt uns, aber sie ist nicht zu bedienen. Einmal, weil es diese Art der erwarteten Romane wahrscheinlich nicht mehr geben wird (Simmel und Hilbig lassen sich schwer kreuzen). Und wenn doch: Es hat immer Jahre, wenn nicht Jahrzehnte gedauert, bis der Roman zu einer bestimmten Epoche erschienen ist. Aber der Verweis auf die

Weltliteratur sollte nicht zur Ausrede werden. Ich meine ganz schlicht, daß offenbar noch nicht sehr viele Autorinnen und Autoren das Unerhörte dessen, was man viel zu bescheiden «Wende» nennt, begriffen haben. Wenige stellen sich den seit drei, vier Jahren veränderten Wirklichkeiten – ohne sie zu bejammern, ohne sie zu beschönigen. Der Punkt ist weniger das «Thema», sondern die Sprache. Bislang, scheint mir, sind nur die Autoren dem Thema gewachsen, die über eine dezidiert eigene Sprache verfügen. Trotzdem fehlen künstlerische Korrektive zu den herrschenden flotten Meinungen.

Ruhm → Luise, Königin

Schlaraffenland → Geschichte

Schleyer-Paradox

Im Jahr 1977 spielte Joachim Fests Film mit dem schmissigen Titel «Hitler – eine Karriere» zehn Millionen Mark ein, publizierte der «Stern» stolz die Goebbels-Tagebücher – und der Naziverbrecher Kappler wurde mit Hilfe von Gesinnungsfreunden aus einem römischen Gefängnis befreit, was hierzulande kaum für Aufregung sorgte. Hitler wurde im verzweifelten Ringen um das Wohl des Reiches gezeigt, die verbrecherische Vergangenheit Deutschlands in milderem Licht gesehen.

In dieser Situation war die Entführung Hanns Martin Schleyers ein doppeltes Politikum. Es galt ja nicht nur die Devise des Krisenstabs: Hinhalten, nicht erpressen lassen, befreien, Leben retten. In den Medien galt gleichzeitig die Parole, die noch weniger ausgesprochen wurde: Die Vergangenheit Schleyers nicht erwähnen oder herunterspielen, weil sie nicht zum Argument für die Terroristen werden dürfe. Die Angst, zu viel Wahrheit könne nur dem Gegner nützen, verband sich mit der üblichen Weigerung der Mehrheit der Deutschen, ihre Nazigeschichte als das Verbrechen zu sehen, das sie war. Schleyer ist schließlich ein sehr tüchtiger Nazi gewesen, dazu ein SS-Mann, wie man weiß, nicht von der «harmlosen» Sorte. Der Zusammenhang deutscher Geschichten war plötzlich aufs peinlichste hergestellt und mußte tabuisiert werden: das ehemalige Mitglied einer kriminellen Vereinigung, gefangen von Mitgliedern einer neuen kriminellen Vereinigung.

Das sichtbare Leiden des gefangenen Arbeitgeberpräsidenten war für sich schon ergreifend. Irritierender noch war die Ahnung, daß die Polaroidfotos doppelt belichtet schienen. Das zweite Bild dahinter, über das nicht gesprochen wurde, war das heimliche, vielleicht das eigentliche Skandalon des Jahres 1977: Nie zuvor hatte man in Deutschland einen SS-Mann leiden sehen.

In allem haben sich die RAF-Leute verrechnet. Am Ende ging sogar von Schleyer eine kathartische Wirkung auf die bundesdeutsche Gesellschaft aus, die gar nicht zu unterschätzen ist. «Ein Mann, zu dem manche ein umstrittenes oder gar kein Verhältnis hatten, machte uns menschlich. Mitmenschlich», schrieb damals die Bundeszentrale für politische Bildung.

Hat die Bundesrepublik also erst im Hebst 1977 den Preis dafür bezahlt, daß sie einen Bundespräsidenten hatte, der dem Ermächtigungsgesetz zugestimmt hatte, einen Staatssekretär im Kanzleramt, der bei den Nürnberger Rassegesetzen federführend gewesen ist, und einen Kanzler, der im Propagandaministerium gearbeitet hatte?

Schmuggel → Müller, Heiner

Schriftsteller

(Julio Cortázar, Nicolas Born und Viktor Šklovskij lesen Zeitung.)

CORTÁZAR Das ist gut. Hört mal.

BORN Wieder die Wissenschaftsseite?

CORTÁZAR Nein, Wirtschaft. Mit Ultraschall Knöpfe befestigen. Knöpfe können nun auch mit Ultraschall «angenäht» werden. Die Knöpfe werden molekular mit der Stoffunterlage verschmolzen. Eine schwedische Firma …

BORN Wunderbar!

CORTÁZAR Und hier. Die Schere, einst das Symbol des Schneiderhandwerks, hat in der industriellen Fertigung längst ihre Bedeutung verloren. Geschnitten wird zwar noch mit konventionellen Messern, immer häufiger aber auch mit dem Laser- oder Wasserstrahl.

BORN Wasserstrahl?

CORTÁZAR Der nur Bruchteile von Millimetern starke Wasserstrahl nimmt bei komplizierten Schnitten die Kurve leichter als jedes andere starre Instrument, näßt aber den Stoff nicht.

ŠKLOVSKIJ Und keine Proteste der Schneider?

BORN Weißt du doch, in dieser Zeitung kommen Arbeiter nicht vor.

CORTÁZAR Gibt doch sowieso keine Schneider mehr.

ŠKLOVSKIJ Und sonst? Keiner protestiert gegen die Abschaffung der Schere und des Knopfannähens?

Cortázar Vielleicht die Kollegen.

Šklovskij Ja, schau mal ins Feuilleton, ob Schriftsteller protestiert haben.

Cortázar Ich lese kein Feuilleton.

Šklovskij Zier dich nicht.

Cortázar *(blättert)* Nichts.

Born Ein Glück.

Cortázar Warum protestieren sie so gern, deine Deutschen?

Born Die Verantwortung. Wenn die Gesellschaft schon keine Moral hat, und die Politiker …

Cortázar Verstehe.

Šklovskij Unterschätzt mir die Resolution nicht! Sie ist auch ein Kunststück. Und schneller fertig als ein Buch!

Cortázar Und die Leser? Will man damit den Lesern imponieren?

Born Man will recht behalten vor der Geschichte, also wird man zur Autorität, also wird man gelesen.

Cortázar Wer ist dümmer, die Leser oder die Autoren?

Šklovskij Dümmer? Autoren und Leser sind nie dümmer. Dümmer sind immer die Kritiker, das ist historisch erwiesen.

Cortázar Die Leser stehen stramm?

Born Nein, sie laufen weg.

Šklovskij Auf der Suche nach dem verlorenen Leser. Hiermit beantrage ich Titelschutz.

Cortázar Die Leserinnen, Viktor!

Šklovskij Gut. Die verlorene Leserin. Noch besser.

Born Sie laufen weg. Die Leser werden immer weniger, weil sie alle zu Autoren werden. Alle schreiben, keiner liest.

Šklovskij Ein Idealzustand, Literaturkommunismus!

Cortázar Ich würde eher sagen, die Knöpfe nähen sich selbst an. Oder mit Ultraschall, egal.

Šklovskij Und die Besitzer von Nadel und Faden?

Born Die sind beleidigt.

Cortázar Aber es liegt doch an den Autoren, ob ihnen Leser zulaufen oder nicht.

Born Das darfst du in Deutschland nicht laut sagen, da wirst du gesteinigt. Meine lieben Kollegen und noch lieberen Kolleginnen, sie schieben alles aufs Fernsehen, auf die faulen Deutschlehrer, auf die allgemeine Orientierungslosigkeit, auf den Kulturabbau, auf überforderte Buchhändler, auf die Marktverhältnisse …

Šklovskij Wieder mal den Untergang des Abendlandes?

Cortázar Und was tun sie selber?

Born Wer?

Cortázar Die Schriftsteller.

Šklovskij Hatten wir das nicht gestern? Eintausend Schriftsteller aus Hessen warten auf Unterstützung durch ein Literaturbüro! Das macht, hochgerechnet …

Born Ja, sie fordern mehr Subventionen, mehr Lesungen, angemessene Honorare, die Erhaltung gewisser Sendezeiten und Bibliotheksetats …

Cortázar Okay, okay. Ich meine, was sie *schreiben*.

Born Was sie schreiben? Ich glaube nicht, daß dich das interessieren könnte. Literarisch genügsam und politisch enthaltsam.

Cortázar Wenn ich noch mal ran dürfte, Mann, was gäb es alles zu tun! Die Welt voll von phantastischen Stoffen! Die binäre Logik! Die chemische Sprache der Insekten! Die psychischen Defekte der Soldaten! Das Unerhörte im Alltäglichen, überall! So vieles, was noch nicht sprachlich erforscht und geformt ist!

BORN Zu spät.

CORTÁZAR Jaja, schon gut. Aber wer läßt sich darauf ein? Wer stellt das dar? Wer rührt die Kruste der Dinge auf? Wer mischt sich ein?

ŠKLOVSKIJ Wer will wenigstens Chronist sein? Wer kann recherchieren?

BORN Wer gibt sich die Mühe zu recherchieren?

CORTÁZAR Die faule Bande! Wer entwickelt sprachliche Modelle dagegen, neue Vorstellungskräfte?

BORN Es gibt Ausnahmen.

CORTÁZAR Aber die andern. Geben die sich mit ihrer Phantasiearmut zufrieden?

ŠKLOVSKIJ Und die Avantgarde?

BORN Wer ist das? Was sich so nennt, produziert einen kurzatmigen Professorendadaismus, zuweilen unterhaltend, aber durchweg von einer hämischen Sprachbesserwisserei.

CORTÁZAR Und keiner denkt darüber nach, wie die Literatur in zwanzig, vierzig, fünfzig Jahren aussehen könnte?

BORN Doch, einer. Und der sagte neulich, es gehe darum, daß der, der schreibt, schreibend sich auslebt, statt das Leben zum Gegenstand von Literatur zu machen.

CORTÁZAR Seit wann schließt sich das aus?

ŠKLOVSKIJ Ich sag's ja, die sind dekadent da im Westen, diese Angst vor der Annäherung an die Realitäten, der Verzicht auf jedes minimale Einmischen.

BORN Wirst du wieder nüchtern, Viktor?

CORTÁZAR Laß ihn, er hat recht: Freiwillig ins Reservat,

das scheint die Devise der Literaten aller Richtungen zu sein.

Born Man kann sich darauf berufen, Kunst sei immer Opposition und immer Negation des Bestehenden.

Cortázar Ein bißchen einfach, finde ich. Die werden sich noch wundern. Wenn die ihre Phantasie nicht schärfen und so faul und feige bleiben, dann werden sie bald abgeschafft sein wie die Scheren.

Šklovskij Ach, wißt ihr, es hat auch sein Gutes. Solange die nichts Besseres produzieren, liest man wenigstens uns.

Born No future auf Erden, Zukunft für uns.

Cortázar Du bist unser Senior, bald sechs Jahre hier oben. Man fängt schon an, deine Briefe zu drucken.

Born Deine Sachen werden auch bald alle übersetzt sein, paß auf, und bald wird man sogar in diesem ernsthaften Deutschland Cronopien entdecken.

Šklovskij Und ich? Vergriffen, vergriffen.

Born Das hast du davon, daß du Essayist geworden bist. Das gibt Schwierigkeiten bei der Auferstehung.

Cortázar Sag mal, ist dein Verein nun aufgestiegen?

Born Rot-Weiß Essen? Nein, schon wieder nicht.

Selbsthaß → Unfähigkeit zu loben

Seelenfrieden

Dank der Dokumentation der «Walser-Bubis-Debatte» läßt sich nun zeigen, warum ein deutscher Schriftsteller, wohl zum ersten und letzten Mal im 20. Jahrhundert, als Retter aus nationaler Seelennot gefeiert wurde. Das konnte gelingen, weil er sich vom altbösen Feind, «den Intellektuellen», abgrenzt. Weil er sich selbst Schritt für Schritt zum Opferlamm stilisiert, das nun zum großen Befreiungsschlag gegen die unerträgliche Situation ausholt: «Jeder kennt unsere geschichtliche Last, die unvergängliche Schande, kein Tag, an dem sie uns nicht vorgehalten wird.»

Es erstaunt, daß die Befürworter Walsers an solch einem Satz nichts auszusetzen haben. Eben «alle Deutschen», jetzt «kein Tag, an dem ...». Da wird fast ein totalitärer Staat suggeriert, in dem «die Beschuldigten» jeden Tag sühnen müssen.

Sogar die Täter sind bekannt: «die Intellektuellen».

Mit dieser dritten Verallgemeinerung wird das altbeliebte Feuilleton-Kasperletheater eröffnet: wenn Intellektuelle Intellektuelle bezichtigen, dies oder jenes gesagt oder getan oder nicht gesagt oder nicht getan und damit als Intellektuelle versagt zu haben. «Die Intellektuellen», versteht sich, sind immer die anderen.

Das Komische ist, daß es Walser bitter ernst ist damit. Warum geht er so tief unter seine Wahrnehmungskraft? Wie groß muß sein «feiner Hang zum Ressentiment» (Th. Schmid) sein, daß er jede Differenzierung fahren läßt? Wer an die Verbrechen der Vergangenheit rührt, wird pauschal verdächtigt, sich selbst entschuldigen zu wollen. Wer im «grausamen Erinnerungsdienst» arbeitet (hier ist nicht das Erinnerte grausam, sondern das Erinnern!), scheint der größte Feind des Autors zu sein.

«Ich will meinen Seelenfrieden, verstehen Sie?» Mit diesem Satz aus dem FAZ-Gespräch hat Walser mehr eingestanden als in der Rede.

Selbstunterschätzung

Es sind nicht nur die berühmten Raketen, die uns zuflüstern, wir seien nichts wert. Es sind nicht nur die

Medienfürsten und die Kabelleger, die uns zu verstehen geben, man könne getrost auf uns verzichten. Es sind wir selber, die in der Nörgelecke stehen und immer seltener Begeisterung und Spaß an dem Metier zeigen, in dem und von dem wir leben. Wir leiden an kollektiver Selbstunterschätzung, die viel mit der kollektiven Faulheit der intellektuellen Zunft und der ständigen Suche nach Ausreden zu tun hat.

Eine literarische Gruppierung darf den Verdacht nicht scheuen, elitär zu sein. Wir Schreibenden leben vom Zweifel, von Fragen und der «Zerstörung von Gewißheiten» (Kundera) – und so neigen wir auch leicht dazu zu vergessen, worin unsere Stärke besteht. Zum Beispiel: Es ist dumm, nicht zu merken, daß wir – neben den Filmern und vielleicht den Theaterleuten – die einzigen sind, die über einen universellen, nicht fachspezifischen Blick auf die Menschen verfügen. Es klingt elitär, wenn wir das laut sagen, aber es ist feige, sich dazu nicht zu bekennen.

Wir wissen alle, auch Schriftsteller nehmen an Weisheit nicht zu, wenn sie in Haufen zusammenkommen. Ich halte das nicht für dramatisch, solange wir nur auf unserer Verschiedenheit und Uneinigkeit bestehen. «Einigkeit der Einzelgänger» im VS (vorausgesetzt, die Einzelgänger sind keine Parteigänger), Uneinigkeit der Einzelgänger in der literarischen Debatte, das wäre ein Motto.

Man wird uns sagen: Die machen sich wichtig. Genau das möchte ich – und ich hoffe, das möchten wir. In aller Bescheidenheit und mit allen Zweifeln derer, die auf die Wirklichkeiten der Welt schreibend reagieren und sie mit allen Kräften der Phantasie und der Verwandlung zu erfassen versuchen.

Unsere Lage ist paradox. Noch. Das heißt, sie fordert von uns viel Humor, ein wenig Selbstbewußtsein und mehr Freundlichkeit statt Kumpelei. Also, tun wir etwas, damit sie, die Lage, paradox bleibt.

September, 11.

Die globale Wirtschaft schafft mehr Probleme, als sie löst! Die neue Grenzenlosigkeit produziert immer härtere Grenzen! …

Bis zu diesem Ausrufezeichen war ich mit dem Schreiben der Kolumne gekommen, als am 11. September aus New York und Washington ganz neue, apokalyptische Bilder von den Kameras eingefangen wurden, als Entsetzen und Trauer sich sofort mit der ängstlichen Erwartung einer großen Konfrontation mischten und, von einer Stunde auf die andere, das Wort Krieg in aller Munde war.

Die Brand- und Staubwolken über den Trümmern waren noch nicht verweht, schon hatte sich das Gefühl in allen Köpfen festgesetzt, nun werde eine neue Epoche beginnen. Eine Epoche, in der nicht mehr nur die weltpolitischen Raster Reich/Arm und Wohlstand/Schulden, sondern Freiheit/Terror und Härte/Schwäche bestimmend sein werden.

Plötzlich sind wir alle potenzielle Opfer, plötzlich kann sich niemand mehr unschuldig fühlen (Derrida), plötzlich sehen wir etliche unserer Freiheiten eingeschränkt. Plötzlich liegen New York, Genua und Jerusalem an einem Ort.

Der Terror entwertet das Denken, Differenzieren und Schreiben, der Krieg ebenso. Nun muss ein gezielter Kampf gegen Terrorismus und militante Intoleranz geführt werden – und viele möchten das, seltsam euphorisch, Krieg nennen. Und nur leise erklingt der fromme Wunsch: Mit dem Kampf gegen den Terror möge nun auch die Demokratie globalisert werden (Benjamin Barber).

«Es kommen härtere Tage» (Ingeborg Bachmann in den Zeiten des Kalten Krieges). Sie werden das Denken uniformieren und simplifizieren, die Sprache entdifferenzieren und globalisieren. Die feinen Untertöne, die kritische Befragung, die lockeren Ironien und die lebensnotwendigen Ausflüge in den Humor, wird das zum Luxus von gestern?

Sieg → Weltmeister

Siemens → Prozesse

Sponsoren

Vor einigen Wochen in Warschau ging ich an einem freien Abend kurz entschlossen in die Oper. Puccinis *Turandot*, nun ja, warum nicht einmal die alte chinesische Geschichte in italienischer Sprache, von Polen gesungen, zum Preis einer Kinokarte. Die Warschauer Oper ist die größte oder eine der größten Europas. Nachdem deutsche Soldaten die Oper zu Schutt geschossen hatten, wurde in den fünfziger Jahren ein prachtvoller Prestigebau errichtet, der, gemessen an den architektonischen Schauerlichkeiten jener Epoche, noch ganz erträglich wirkt. Nach der Karten-Kontrolle, in der zweiten Vorhalle, von der mächtige Treppen zu weiteren Wandelhallen vor dem Zuschauerraum hinaufführen, stieß ich wie alle anderen Besucher auf zwei nagelneue Autos. Zwei silberhelle Volvo S 80, die symmetrisch rechts und links vor den Treppengeländern geparkt waren und mit offenen Türen zur Besichtigung einluden.

Ist das nun, schoß es mir durch den Kopf, ein Gipfel an Obszönität, oder bin ich hier bereits im nächsten Jahrtausend?

Ist so etwas nur in den einst sozialistisch genannten, nun unverblümt rohkapitalistischen Ländern möglich? Ist hier eine neue Schamschwelle überschritten, oder regen sich bei mir wieder nur die Reste eines altmodischen Protestantismus?

Sponsoren hin, Sponsoren her, das ist auf den ersten Blick ein alter Hut. Es regt vielleicht noch manchen auf, wenn am Turm der Berliner Kaiser-Wilhelm-Gedächtniskirche, um dessen Reparatur zu finanzieren, ein Pariser Haarwaschmittel-Hersteller Werbung treibt. Aber schon nicht mehr, wenn die Deutsche Bank für ihre Angestellten und Kunden Exklusivkonzerte der Berliner Philharmoniker ausrichtet. Und für die nächste Generation, zum Beispiel für die zweihundert oder dreihundert Schülerinnen und Schüler, die an diesem Abend in die Warschauer Oper durften, stellen sich meine Überlegungen gar nicht mehr: Für die meisten waren die beiden schicken Volvos, hinter deren Steuerräder sie drängelten, wahrscheinlich eine größere Attraktion als die Bühneneffekte oder die Arien.

Früher, so sagen die ganz Schlauen, war das doch auch nicht anders: Musik, Theater, Malerei, Bildhauerei und Literatur wurden jahrhundertelang allein von Königen, Päpsten, Bischöfen, Fürsten usw. gesponsert und gefördert. Es sei also nur die Entwicklung zurück in einen neuen Feudalismus. Das Firmenlogo der Lufthansa im Katalog einer Max-Ernst-Ausstellung entspreche dem Fürstenpaar auf dem Altarbild. So wie die Herrscher von einst brauchten die Herrscher von heute die Künste als Schmuck, Unterhaltung, Anregung, Imagepflege.

Die Freiheiten der Künste sind mit den bürgerlichen Freiheiten gewachsen. Müssen wir also unken, daß die Künste im Feudal-Kapitalismus des kommenden Jahrhunderts ihre Freiheiten verlieren und ihr Publikum dazu? Nein, da habe ich keine Bange. Denn die Künste werden – sehr kurz gesagt – angeregt und belebt vom Wechselspiel zwischen Marktanpassung und Widerspruch, zwischen Kommerzialisierung und Rebellion. Die Attraktion der Künste wird sogar wachsen, nur ihre Formen werden sich verändern.

Die Opernhäuser werden Filialen der Autohäuser werden, das scheint gewiß. Und die Autohäuser brauchen nur gute Lautsprecheranlagen für Sopranarien, um Filialen der Opernhäuser zu werden. Kunstwelt und Warenwelt rücken immer mehr zusammen. Und die Kritik daran gehört zu dieser Annäherung wie der Beifall.

Als vor kurzem auf einer Berliner Bühne als Vorspiel eine Werbeszene gegeben wurde, ein Theaterspot für den führenden VW-Händler der Stadt, gab es heftige Diskussionen darüber. Sieben Fernsehteams drängelten sich, um diesen Moment festzuhalten. Auf den Werbeeffekt beim Publikum kam es gar nicht an, aber daß über «VW im Theater» auf allen Kanälen, in vielen Zeitungen und so weiter gesprochen wurde, das war das Innovative, das war der eigentliche Sinn der Aktion.

Meine kleine Reflexion über die Volvos in der Oper hat auch den Effekt, daß in einem Radiosender und einer Zeitung über diese Automarke gesprochen wird, kritisch natürlich. Stellen Sie sich, meine Damen und

Herren, bitte auf die Zukunft ein und vergessen Sie nicht, was Sie hier hören oder lesen, ist Autowerbung, nichts sonst. Und die Werbung läuft und läuft und läuft.

Stopp. Die Pinkelpause ist zu Ende.

Nun weiter mit den ernsteren Worten zum Sonntag.

Staat

Nach Schleyers Ermordung erwuchsen der Bundesrepublik ein neues Staatsgefühl und ein Selbstbewußtsein, das nicht allein auf den Erfolg der GSG 9 zurückzuführen ist. Die Staatsfeinde hatten sich als Mörder oder Selbstmörder erwiesen, der Staat als Freund und Retter der Bedrängten. Schweigen, Lähmung, Erstarrung, dann Distanzieren und Abschwören, peinlicher und weniger selbstbewußt als im Herbst 1977 hätte sich die Linke, die APO oder was davon übrig war, kaum verhalten können. Eingeschüchtert von der Totalität der Fahndung, von der Jagd auf Sympathisanten und ‹Sympathisanten›, mit allem Denken und Handeln unter dümmsten Verdacht gestellt, ging auch der letzte offensive Elan verloren. Die RAF hat die Linke fast alles an Kraft, Spontaneität und Sprache gekostet, aber nicht erst 1977.

Das größte Versäumnis der terrorkritischen Linken war es, dem Kampf, den die RAF von 1970 an gegen sie führte, zu defensiv zu begegnen. Aktionen und Schriften der RAF sowie ihre grundsätzlich erpresserische Haltung sind zwar von allen möglichen linken Standpunkten aus kritisiert und beklagt worden, aber letztlich zu zaghaft. Die Quittung kam im Herbst 77. Verloren haben Liberalität, Reformbereitschaft, ‹politisches Engagement›, soziales Handeln und Denken. Wer protestieren und verändern will, muß seit 1977 größere

Schwellen, auch die der Lächerlichkeit, überwinden. Dagegen hat relativ freie Bahn, wer auf Sicherheit, Ego, Entsolidarisierung und so weiter setzt. Weil diese Werte in der CDU eher zu Hause sind, mußte es, sehr verkürzt gesagt, 1982 zum Regierungswechsel kommen, nachdem der Mogadischu-Bonus verbraucht war. Diese Entwicklung ist natürlich nicht allein «Verdienst» der RAF. Doch man sollte zwanzig Jahre danach nicht mehr so kleinlich sein und den Beitrag unterschätzen, den der Sohn des Historikers Baader ungewollt für die deutsche Geschichte und für die zweite «Modernisierung» Deutschlands (die erste brachte 1968, die dritte folgte nach dem Mauerfall) geleistet hat.

Der Einfluß des Terrorismus auf die Gesellschaft war enorm, jedoch anders als geplant: nicht «systemsprengend», wie man früher sagte, sondern systemerhaltend. Bevor die tiefere Vernunft des Jahres 1977 allgemein ermessen wird, ist es das Privileg der Künste, in dem Drama auch die Komik, die Groteske zu entdecken.

Steuern → Anarchisten

Studentenbewegung

Alles war anders. Auch ich muß mich korrigieren lassen. In meiner Erzählung *Amerikahaus und der Tanz um die Frauen* wird unter anderem der Verlauf der ersten, bescheidenen Demonstration am 5. Februar 1966 in Berlin gegen das Bombardement der USA in Vietnam beschrieben. Der Student Martin nimmt daran teil. Nach der Demonstration beobachtet er die kleinen Tumulte, als vor dem Amerikahaus die Fahne heruntergezogen wird und einige Eier gegen das Haus fliegen. Die

Szene ist nach damaligen Presseberichten, nach den Fotos von Michael Ruetz, die diesen 5. Februar dokumentieren, und nach der Erinnerung geschrieben.

Da erreicht mich ein Brief eines Rechtsanwalts aus Hessen. Alles ganz gut und richtig, schreibt er, aber das mit der Fahne war ein bißchen anders, ich muß es wissen, ich habe sie nämlich heruntergezogen, und das kam so: Ich gehörte zu den Studenten, die in das Amerikahaus hereingelassen wurden, aber drinnen waren wir ziemlich ratlos, was zu tun sei. Der Leiter des Hauses kam uns entgegen, wir wollten mit ihm diskutieren und holten zu einer Attacke gegen die Vietnam-Politik der USA aus. Da sagte er: Wissen Sie, ich bin auch ein Gegner dieses Krieges. Ich war völlig verblüfft, daß ein erwachsener Mensch unserer Meinung war, noch dazu aus einer regierungsnahen Institution. Wir fühlten uns entwaffnet, überflüssig und gingen wieder hinaus. Draußen dachte ich, man muss doch irgendwas tun, ein Zeichen setzen. Da sah ich die Fahne am Mast und ging einfach hin, zog an dem Seil, es ging ganz leicht, die Fahne glitt fast von allein abwärts und lag plötzlich vor mir am Boden. Das ist irgendwie auch nicht richtig, dachte ich, und zog sie wieder halb nach oben, da stand sie auf halbmast, ich knotete das Seil fest. Niemand hinderte mich. Erst nach ein paar Minuten kamen Polizisten und zogen sie wieder hoch.

Die Aussage ist glaubwürdig. Sie beweist: Es war alles noch harmloser, noch weniger kämpferisch, als ich es in meinem Buch dargestellt habe.

Die Spontaneität jener Zeit – zwei Jahre vor «68» – erscheint uns fast als komisch. Aber hier liegt der Schlüssel, der wenig erforschte Kern der Studentenbewegung: Wann führen welche Schritte zu welchem Sa-

krileg? Warum hatte diese Bewegung, die in ihrer Mehrheit aus rebellischen Angsthasen und aufgeklärten Mitläufern bestand, solche Erfolge?
→ Irrtümer

Südafrika → Donnerstag, blauer → Wagenburg

Technik → Dialog

Termine

Was vor einer Woche auf dem Friedhof an der Heerstraße in Berlin geschehen ist, dürfte wohl einer der schlimmsten Anschläge auf die deutschen Juden seit 1945 gewesen sein. Heinz Galinski wird ein Sprengkörper ins Grab gelegt. Ein toter Jude wird an einem sakralen Ort auf die niederträchtigste Art attackiert und verhöhnt. Ein Mann, der eine Symbolfigur für das aktive jüdische Leben nach dem sechsmillionenfachen Mord gewesen ist, sollte nachträglich, man muß es einmal so drastisch sagen, symbolisch ermordet werden.

Am erschreckendsten aber ist, daß dieser symbolische Mord mit einem raffinierten, fast an Goebbels geschulten Kalkül auf die zivile Substanz dieser Gesellschaft zielt – und trifft.

Das dachte ich, als ich in der Zeitung das Foto sah: Ignatz Bubis begibt sich an den Tatort, verneigt sich vor dem Grab. Sofort kam die Frage auf: Warum nur er? Wieder einmal übernimmt der Vorsitzende des Zentralrats der Juden die Arbeit, das Entsetzen zu formulieren und sich neben das Opfer, den geschändeten Toten zu stellen. Ihr Entsetzen haben auch andere in Worte gefaßt, mehr oder weniger routiniert. Aber kein namhafter Politiker, kein prominenter Christenmensch hat vor Heinz Galinskis Grab gestanden und eine demonstrative, offensive Geste gewagt.

In Israel sagt man: «Antisemitismus ist nicht unser Problem, es ist das Problem der Antisemiten.» In Deutschland können wir nicht so cool sein – aber hier bequemt man sich gern damit, die Abwehr des Antisemitismus den Juden zu überlassen. In neuen Medien das alte Muster: Der Christ will seinen Frieden, der Jude sorgt für Unruhe (während es in Wahrheit ja umgekehrt ist).

Gegen einen Ehrenbürger Berlins wird ein Anschlag verübt, wie er infamer kaum zu denken ist – und was tut der Regierende Bürgermeister? Er ist betroffen, er sagt seine Sätze – aber er kommt nicht auf die Idee, bei seinen ständigen Fahrten durch die Stadt einen Umweg über die Heerstraße zu machen und am geschändeten Grab markante Worte zu sagen. Ist das zu viel verlangt von einem schlappen Politiker, der sich schon von einem nicht vorhandenen Holocaust-Mahnmal belästigt fühlt?

Und die Regierung?

Wo waren sie, die Minister? Wissen sie, ständig umlagert von Mikrophonen und Kameras, was Repräsentanz im richtigen Augenblick am richtigen Ort bedeutet? Warum ließen sie Bubis allein?

Niemand komme mit der Ausrede «Termine». Termine haben wir alle. Auch Ignatz Bubis hatte gewiß keinen Termin am 21. Dezember in der Heerstraße.

«Jüdische Einrichtungen werden jetzt besser geschützt» – begreift ein Nichtjude noch den Skandal, der in solch einer Nachricht liegt? Nichts gegen die notwendigen Debatten um das Mahnmal und um Walser – doch es scheint, als gehe unter dem aufwendigen, spektakelhaften Streit um Worte und Ideen das Gespür für die reale Gewalt verloren. Selbst im Fontanejahr, um nur ein feuilletonistisches Beispiel zu nennen, hätte kein dunkelhäutiger US-Bürger, kein Italiener, kein Israeli oder Japaner ohne Gefahr für Leib und Leben Wanderungen durch die Mark Brandenburg unternehmen können. Das Gespür für die Dimension des Berliner Anschlags vom 19. Dezember ist erschreckend unterentwickelt. Man hat Termine. Aber keine Courage.

Terror → Frieden, zwölfjähriger → Herbst, deutscher → RAF

Tschernobyl

«Tschernobyl» ist ein zentrales Ereignis geworden durch den Überschuß neuer, schrecklicher und gleichartiger Erfahrungen für eine bis dahin unvorstellbare Zahl von Menschen. Ein zentrales Ereignis, weil plötzlich (unsichtbar und meßbar, geheimnisvoll und unerbittlich egalitär) Realität wurde, was bis dahin Ahnung, Vorwissen, Fiktion war. Über Nacht konnte die Mehrheit der Bevölkerung nicht mehr leugnen, daß die Minderheit mit ihren schlimmsten Befürchtungen recht hatte – was freilich, da Rationalitäten hier nicht walten, nicht zur Anerkennung dieser Minderheit, sondern zu einem gewaltigen Aufwand an individuellen, polizeilichen und propagandistischen Verdrängungsleistungen führte.

Wer behauptet, vom GAU völlig überrascht worden zu sein, hat das Privileg des Lesens (sei es informierender oder fiktionaler Texte) nicht genutzt. Wer behauptet, nach «Tschernobyl» sei alles anders geworden, muß entweder jahrelang geschlafen haben – oder sehr jung sein.

Bis jetzt kann ich nicht erkennen, warum Autoren, die sich der größeren oder begrenzten, der gesellschaftlichen (ökonomischen, ökologischen, psychosozialen) oder individuellen Katastrophen und Krisen bewußt sind, «nach Tschernobyl» anders schreiben sollten als vordem. (Die Bedeutungsverschiebungen bei Wörtern wie «strahlen», «Werte», «Restrisiko» usw. sind vergleichsweise läppisch – und überdies nicht neu –, ähnliche Verschiebungen zwischen der offiziösen und der Umgangssprache, dem Modejargon und der sog. Literatursprache sind täglich zu beobachten und aktuell z. B. in «Dummdeutsch», Band 1 und 2, versammelt.)

Folgen sehe ich eher auf anderen ästhetischen Feldern. Die radioaktiven Wolken haben jedermann belehrt, wie trügerisch der Augenschein, wie lügenhaft Fotos sein können. Dem Foto von einer blühenden Wiese sieht man nicht an, ob sie verseucht ist oder nicht. Die Bilder stehen seit Ende April 1986 unter neuem Verdacht – die Wörter dagegen und die Fiktionen nicht mehr als vorher.

Diese Veränderung im ästhetischen Gefüge kann interpretiert werden als Aufwertung der Wörter, tendenziell als Aufwertung der Literatur. Nicht, weil ein paar Autoren schon vor und mit den kritischen Wissenschaftlern die Katastrophe imaginiert haben; ein Triumph für unsere Zunft ist das nicht. Die Aufwertung sehe ich darin, daß Fotos nicht und Filme kaum, Malerei nur schwerlich darstellen können, was ein Spaziergang (oder meinetwegen eine Demonstration) am sonnigen 1. Mai 1986 gewesen ist. Das Wichtigste blieb unsichtbar. Es ist nur mit Wörtern darstellbar und differenzierbar – in Bildern, stehenden oder bewegten, allenfalls in Collageformen oder neuen Abstraktionen.

Eins scheint klar: Der Drang zu den Künsten wird größer. Die Künste als Trost, Hoffnungsträger, Sinnersatz, Hobby. («Je abstrakter und müder die politische Sprache wird, desto stärker spürt man das unausgesprochene Bedürfnis nach einer anderen, persönlicheren, direkteren Sprache. Auch nach einer provozierenden.» Calvino) In den USA studieren z. B. immer mehr Naturwissenschaftler nebenher ein Kunstfach oder dilettieren als Maler, Querflötenspieler, Lyriker. Wir sollten darüber nicht gleich die Nase rümpfen. Es gibt destruktivere Methoden, mit der Entfremdung fertig zu werden. Außerdem sind das Galerie- und Konzertbesucher, Leser. Solange die Neugier wach ist, solange Erwartungen an die Literatur / die Kunst gerichtet werden (und sei es zunächst die Erwartung einer Künstlerkarriere), sehe ich keinen Grund, vom «Ende der Literatur», vom Verlust der Nachwelt, der Zukunft zu reden.

Tugend → Zersetzen

Unfähigkeit zu loben

Im gegenwärtigen Deutschland, behaupte ich, gibt es einen erstaunlichen Reichtum an einer sehr vielfältigen Literatur, aber es ist Mode, diesen Reichtum zu leugnen. In keinem Land, das ich kenne, sind Selbsthaß, Mißgunst, Masochismus und intellektuelle Zerstörungswut so entwickelt wie hier – gerade nach einem längeren Aufenthalt in den USA merkt man das doppelt und dreifach.

Wer oder was hier gut ist oder im Ausland als gut gilt, darf nicht oder nur ausnahmsweise gelobt werden. Was hier schlecht scheint, wird gleich in Grund und Boden gestampft. Wer in einer Saison oben war, kriegt in der nächsten eins auf den Deckel, usw. Die allgemeine Grundhaltung: erst mal sich mokieren, erst mal runterputzen. Nichts gegen heftigste Meinungsäußerungen, gegen Polemik und Wut in den Debatten, aber einiges gegen die hemmungslose Beißwut und eine denkfaule Gehässigkeit auf den Wortschlachtfeldern. In diesem Land wird viel kultureller Reichtum verschleudert, weil es an *einer* Kultur fehlt, der Kultur der Toleranz und der Kultur der Bescheidenheit des Nichtrechthabenwollens. Für die neunziger Jahre könnte man einen Verlust der Neugier und eine fast neurotische «Unfähigkeit zu loben» konstatieren, loben bei vollem kritischen Verstand, versteht sich.

Gibt es in der schreibenden Zunft noch das eine gemeinsame Interesse: die *Vielfalt* der Argumente, Differenzen, Geschichten, Debatten fördern zu helfen, also den Humus unserer Arbeit zu pflegen? Die Bereitschaft, gerade auch von den Meinungen sich anregen zu lassen, die man *nicht* hat? In den oberen Etagen Beißen und Treten, in den unteren kindisches Jammern. Merkt noch jemand, was uns verlorengeht?

Utopie

Verlust der Utopie? Es gibt Utopien genug, heute haben die bequemen, die flotten Utopien Konjunktur. Die verkürzt aufklärerisch genannte Utopie geht so schnell nicht verloren, denn sie ist eine konstruktive, lebensbejahende Utopie. Sie wird auch wieder mehr in Mode kommen – aber sie wird Utopie bleiben und kaum stark genug werden, die immer gewaltigeren Destruktionskräfte zu überwinden. Der Kampf zwischen Lebenstrieben und Zerstörungstrieben (siehe Freud, Das Unbehagen in der Kultur) wird nicht allein von Strontium oder Caesium entschieden, von der Weltbank oder den Herstellern von Atomsprengköpfen. Dieser Kampf geht, ob wir uns da einmischen oder nicht, weiter.

Die Katastrophen werden nicht weniger. Was etwas pathetisch als «Abschaffung des Menschen» (Heiner Müller) bezeichnet wird oder als Programm der Destruktion von Sprache (siehe Rundfunk- und Fernsehpolitik, die Verengung der Bildungspolitik auf Leistungs- und Karriereziele, usw.) und nicht wochenlang Schlagzeilen macht, beschäftigt uns täglich und morgen erst recht. Krisenfreie Zeiten werden wir nicht erleben.

Verbrechen → Globalisierung

Vereinfachungswut → Berlusconi, Silvio

Vereinigung, deutsche

Vielleicht wird diese Phase der deutschen Geschichte einmal erklärt werden können mit dem Wechsel vom bestimmten Artikel zum Zahlwort. Seit der Satz «Wir sind das Volk» umkippte in «Wir sind ein Volk», scheint der Weg in die Zukunft klar. Der Abschied vom bestimmten Artikel, auch von der Verzweiflung vieler DDR-Bewohner diktiert, ist eine Sache. Eine andere ist, im Rausch der neuen Interessen, der Sprachgebrauch hierzulande.

Nichts gegen Öffnungen, Verträge, Kooperationen, Erleichterungen. Aber kaum hat sich die Bundesrepublik verliebt, blüht «im Glanze dieses Glückes» schon die neue Arroganz der Macht. Je größer das «einig Vaterland» in der Phantasie, desto tiefer werden die inneren Spaltungen, heute in der DDR, morgen bei uns.

Schon muß daran erinnert werden, daß es außer der nationalen Begeisterung noch eine andere gab und gibt: die über das plötzliche Wahrwerden eines Traumes von Freiheit. Wenn «das Staatseigentum am lebendigen Menschen abgeschafft ist» (Uwe Kolbe), wenn Zwangs- und Einsperrungssysteme zusammenbrechen, wenn Moral, vorübergehend, unbeholfen und clownesk, in die Politik zurückkehrt, wenn Grenzen geschleift werden und Menschen neue Wege finden, dann hat das zunächst mit der Nation, in der das geschieht, nicht viel zu tun. Die Begeisterung darüber hat eine andere Qualität als die national-usurpatorische; eine der Empathie, die den andern in seiner neuen Freiheit und Würde respektiert.

Bei einer so kolossalen Niederlage (fast) eines ganzen Systems tauchen viele Sieger auf. Die Triumphgefühle derer, die schon immer im schieren Antikommunismus ihr Heil gefunden haben, sind verständlich. Nur die Linken (ich meine die große Mehrheit der unabhängigen Linken und muß, der Kürze wegen, trotz aller Irrtümer, beim Kürzel bleiben) zögern noch, ihre Gefühle zu zeigen, gar mit ihnen hausieren zu gehen. Noch ist es kaum begriffen: Die Krise, die der längst fälligen Kapitulation folgte, besteht nicht darin, daß der Feudalsozialismus in Trümmern liegt. Sondern darin, daß jetzt *alles* neu durchdacht werden muß. Die Hypothek liegt auf der Vergangenheit – und ebenso auf der Zukunft. Das ist anstrengend.

Dies nutzen Meinungsmakler und Strategen der anderen Fraktion. Im Wirbel der Ereignisse gilt es, flink neue Positionen zu besetzen. Der Westen wird wilder.

So schnell kommt die Gelegenheit zum innenpolitischen Aufräumen nicht wieder. Im Zuge der allgemeinen Landnahme werden die Claims neu abgesteckt.

Auf einem der Nebenschauplätze ist nun eine Debatte über die Schürfrechte der Intellektuellen ausgebrochen. Eine Zunft, von der es sonst hieß, es gebe sie nicht mehr, wird plötzlich wiederentdeckt. Die Entdekker sind Intellektuelle, die anderen Intellektuellen vorwerfen, versagt zu haben. Auf den ersten Blick die Variante des alten «Indianerspiels».

Die Debatte wird nicht gelassen oder im Geist der Komik geführt, der ihr normalerweise, da es sich um stets überschätzte Meinungen handelt, innewohnt. Überraschend ist ein hoher Grad von Emotion. Wut, Hohn und Drohungen begleiten die Vorwürfe, die vor allem von den Frankfurter Allgemeinen Seiten ins Land gestreut werden.

Erstaunlicherweise ziehen einige Schriftsteller die größte Wut auf sich. Ausdauernde Kritiker des Stalinismus werden zu seinen offenen oder stillen Sympathisanten erklärt. Wer dem historisch vergleichsweise jungen Sozialismus noch einige nichtkriminelle Energien zugesteht, gilt als potentieller Krimineller. Wer die nationale Frage unterscheidet von ihrer Instrumentalisierung durch die Rechte, wird Ideologe genannt. Wer dagegen für rasche Einheit ist, nicht.

Wie auch immer wir spekulieren, eine Art Vereinigung wird kommen. Aber soll deshalb die Parole «Keine Experimente» neben der Wirklichkeit auch noch das Denken bestimmen? Jeder soll von seinem Versagen, seinen Illusionen sprechen, aber gibt es nicht längst einen allgemeinen Opportunismus der «Ende-des-Sozialismus»-Rufe? Gibt es nicht doch ein paar Unterschiede zwischen dem Arbeiter aus Leipzig, dem das Treppenhaus zusammenkracht, der keine Vormundschaft will und deshalb nach Einheit ruft, und seinem ideologischen Mitläufer am westlichen Edelschreibtisch, der die DDR jahrelang als Müllkippe betrachtet und mehr an Sanssouci als an die Lebensbedingungen der Arbeiter dort, hier, anderswo gedacht hat?

Psychogramme erklären nicht alles. Das Peinliche für alle Intellektuellen ist, daß nicht die Ideen, sondern die Ökonomie die Zukunft, auch die deutsche, diktiert. Das hat Marx zwar schon gesagt, aber damit wollen sich die Kopfarbeiter Ostwestrechtslinks nicht abfinden. Das ist begreiflich, niemand möchte gern zum Affen des Kapitals und der Politik werden. Also gibt es, vereinfacht, zwei natürliche Reaktionen: die einen, die mit ihren Gedanken dem Kapital mitlaufend vorauseilen – und die andern, die zwar nicht bremsen können, aber den Widerstand suchen, in Kunst, Meinung oder Praxis.

Die letzteren (Zweifler, Träumer, Weit-, Quer- und Solidardenker) müssen deshalb keine Idylliker sein – jedenfalls nicht mehr als die anderen, die es sich nun im Einheitsgedanken gemütlich machen. Eine Überlegung ist zum Beispiel: «Kapitalismus» und «Sozialismus» brauchen sich gegenseitig als Korrektiv. Wenn diese aber ersatzlos zerfallen, wo bleibt dann das Korrektiv? Oder sollen wir uns ganz auf die «Selbstheilungskräfte» der Marktwirtschaft verlassen? Und die konstruktive Seite der kapitalistischen Wirtschaftsform loben, die destruktive aber als Propaganda abtun?

Die Befreiungen der Menschen in Osteuropa und der DDR bedeuten auch für die Linken hierzulande eine Befreiung. Vom Druck der Tatsachen eines betrügerischen Sozialismus entlastet, können sie aufatmen. Das Ende der Bevormundungen, falschen Autoritäten und Fronten, die Entmystifizierung der Begriffe, was für eine Chance!

Die Befreiung unserer Nachbarländer hat eher das pessimistisch grundierte Menschenbild aufgehellt (auch wenn zu fürchten ist, daß es sich durch Nationalismus, Kirche, bleibende Armut bald wieder eindunkelt). Dies ist erst noch zu erfassen durch Offenheit, Respekt, Hinhören. Diese Offenheit darf nicht mit neuen Denkmustern zugeschüttet werden, weder von rechts noch von links. Aber sie wird zugeschüttet, derzeit fleißig von rechts. Der Linken mag es vorerst genügen, wenn ein starkes historisches, ethisches, ökologisches Bewußtsein wirksam bleibt, das über die deutschen und europäischen Kirch- und Bankentürme hinausreicht. Nur eins scheint sicher: Je mehr die Dissidenten des Ostens Erfolg haben, desto wichtiger werden die Dissidenten des Westens.

Verlierer → Weltmeister

Vietnamkrieg → Irrtümer, → Studentenbewegung

Vorfeld

Seit zwei, drei Jahren fällt im offiziösen Sprachgebrauch eine neue Vokabel auf, deren Beliebtheit gegenwärtig (Juli 1983) immer noch zunimmt. In keiner Politikerrede darf der Begriff fehlen, die Nachrichtenredakteure lassen sich neue Varianten einfallen, und wer sich das Vergnügen gönnt, einem Dorfbürgermeister zuzuhören, der braucht keine fünf Minuten zu warten, bis das Wort der Saison erschallt: im Vorfeld.

Auch Professoren, Jugendbeamte, Polizisten, Sportler und Rotkreuz-Helfer gehören inzwischen zur Vorfeld-Fraktion, und neuerdings dringt die Phrase in den Kulturbereich vor: «im Vorfeld der Premiere», so hörte man vor ein paar Tagen in der Tagesschau.

Daß ein Wort gleichzeitig in fast allen gesellschaftlichen Gruppen Mode wird, ist selten. Meistens wandern die Konjunktur-Wörter von unten nach «oben» – oder sie sickern, die Beschönigungsvokabeln der Staatenlenker, Militärs und ihrer PR-Agenturen, durch die Antennen in die Köpfe hinab.

Das Wort Vorfeld aber scheint weder von unten noch von oben zu kommen. Wer es aufgegriffen und in die öffentlichen Reden geschleust hat, ist mir entgangen. Es war plötzlich da, ein schönes deutsches Wort. Im Sprachbrei der Politiker mußte es sofort auffallen. Wo kam es her?

Das Lexikon verrät nur: Vorfeld – Gelände vor der eigenen Kampfstellung. Ein militärischer Begriff, aha. Man könnte dem sprachkritischen Verdacht freien Lauf lassen und den Begriff als Indiz zunehmenden militärischen, aggressiven Denkens werten. Aber dieser Verdacht erklärt die erstaunliche Bevorzugung unseres Wörtleins vor anderen militärischen Begriffen nicht.

Am häufigsten taucht es in folgenden Zusammenhängen auf: im Vorfeld des Parteitags, im Vorfeld der amerikanischen Wahlen, im Vorfeld der Kabinettssitzung, der Beratungen, des Prozesses usw. Offenbar ist hier die Vorbereitungsphase von Entscheidungen gemeint. Man könnte statt «im Vorfeld» je nach Zusammenhang entweder «bei der Vorbereitung» oder einfach «vor» sagen. Die schlichte Präposition ist wohl zu glanzlos, sie macht die Sache nicht genügend gewichtig, ein vollmundiges Substantiv muß her. Aber warum sagt man nicht mehr wie in den siebziger und sechziger Jahren, wenn der Prozeß der Entscheidungsfindung, der Weichenstellung gemeint war, «bei der Vorbereitung»? Wahrscheinlich hat das Wort Vorbereitung den Nachteil einer gewissen Präzision. Es suggeriert Zielgerichtetheit, Zielbewußtsein und abgesteckte Kompetenzen.

Das Wort Vorfeld dagegen, das an ein größeres und komplexes Gelände denken läßt, greift ins Räumliche aus, ins Unumgrenzte – man sagt nicht «auf dem», sondern «im» Vorfeld. Der Wechsel im Sprachgebrauch von der zielgerichteten Vorbereitung zum mehrdimensional auswachsenden Vorfeld markiert einen Wechsel, den ich nur mit dem ausgewachsenen Selbstbewußtsein der Bürokraten und Interessenvertreter erklären kann. Wer vorbereitet, bleibt im Hintergrund. Wer sich im Vorfeld tummelt, der mischt irgendwie mit. Wer vom Vorfeld der Beratungen spricht, zeigt an, daß die Angelegenheiten höchst verwickelt sind, daß man sich durch ein gestrüppreiches Vorfeld voll Verordnungen und widerstreitenden Interessen schlagen muß, ehe man aufs ertragreiche Feld kommt.

Wenn der Beamte, der Politiker mit dem Vorfeld prahlt, dann prahlt er mit sich selbst: er will sagen, daß er nicht faul, daß er unentbehrlich ist und das Vorfeld sein eigentlicher Kampfplatz. Wenn der Journalist vom Vorfeld spricht, dann ist das mehr als ein Zeichen für die Anpassung der journalistischen Sprache an die Bürokraten- und Verlautbarungssprache. Auch der Journalist prahlt – mit seinem Blick hinter die mehr oder minder durchsichtigen Kulissen.

Denn die Rede vom Vorfeld deutet immer etwas an von den verborgenen Rangeleien, von den Kämpfen der Lobbies. Auf jeden Fall von den Vorentscheidungen vor den Entscheidungen, die uns dann als Ergebnisse von Parteitagen, Kabinettsitzungen usw. präsentiert werden. Wo die Öffentlichkeit keinen Zugang hat, wo die Interessenverbände ihre Interessen durchfechten, wo die Politiker, Funktionäre, Ministerialen, Geschäftsführer und Vorstandsmitglieder unter sich sind, da liegt es, das Vorfeld – in den Sitzungsecken, den Beratungsräumen, den abhörsicheren Hinterzimmern. Das Vorfeld ist stets überdacht und von dicken Türen geschützt. Der Kampf findet im Saal statt. Je kleiner das räumliche Vorfeld und die Zahl der Beteiligten – desto größer die Bedeutung des übertragen gemeinten Vorfelds.

Es ist wahrscheinlich kein Zufall, daß die Vorfeld-Formulierung kurz nach dem historischen Tag aufkam, als die Bundesrepublik mehr Angestellte als Arbeiter zählte. Das Wort Vorfeld zeigt deshalb wohl noch mehr an als das Selbstbewußtsein der Bürokraten, es signalisiert, überspitzt gesagt, eine Art Machtübernahme – eine Machtübernahme der Verwaltungsapparate über die Demokratie.

Möglicherweise kündet die Beliebtheit des Wörtchens noch von einer anderen kollektiven Leistung. Kam das Vorfeld nicht ungefähr gleichzeitig mit der Raketen-Diskussion auf? Auch die Beamten, die Lobbyisten, die regierungstreuen Journalisten und die Dorfbürgermeister möchten nicht im Atomkrieg krepieren. Vielleicht kommen sie deshalb von ihrer Lieblingsvokabel Vorfeld nicht los, weil sie an das einzige Vorfeld, das sie existentiell betrifft und im Innern beschäftigt, an das Raketen-Vorfeld, gleich neben der Garage, nicht zu denken wagen, jedenfalls nicht laut.

Wagenburg

In Kapstadt hat man die alten Lagerhäuser am Hafen restauriert und neue Einkaufshallen dazugebaut, rund dreißig Restaurants machen einander Konkurrenz – aber sie sind alle nach innen, auf eine Mitte hin geöffnet, als müßten die Besucher sich der Anwesenheit der anderen Besucher versichern, um sich hier entspannen zu können. Man sitzt gut unter dem Tafelberg in bester Seeluft. Mir fällt auf, daß die ganze Anlage die Architektur einer Wagenburg hat. Man hätte die neuen Häuser auch mit der Blickrichtung nach draußen aufs Meer bauen, alles offener in die Landschaft einfügen können. Zum offenen Meer hin ist die Anlage abweisend, ein Parkplatz bestenfalls.

Die Wagenburg-Assoziation kommt immer wieder. Die Buren schoben im Krieg gegen die Engländer ihre Wagen und Karren so zusammen, daß sie sich dahinter gut verschanzen und die Angriffe abwarten konnten, ehe sie ihre Ausfälle machten.

Verbindungen zwischen den Burgen sind die Ausnahmen. Aber je besser die Verbindungen zwischen schwarzhäutigen und weißhäutigen Menschen, desto geringer sind Haß und Vorurteile (in Deutschland ist es so ähnlich: wo wenige Ausländer sind, ist der Haß größer als da, wo viele wohnen). Über das Hauspersonal erfahren die Weißen, was in den Stadtschaften der Schwarzen getan und gedacht wird.

«Es gibt eigentlich», sagt der Schriftsteller und Verleger Andries Oliphant, «eine ganze Menge Gemeinsamkeiten zwischen Deutschland und Südafrika. Beide Gesellschaften waren und sind tief geprägt vom Rassismus. Als Deutschland infolge seines Rassismus, des Krieges und des Kalten Krieges geteilt wurde, 1948, kam bei uns die stramme Apartheid-Partei an die Macht. 1961, als bei euch die Mauer gebaut wurde, fing man bei uns mit dem gnadenlosen Kurs gegen alle Opposition an. Und wenige Wochen, nachdem bei euch die Mauer gefallen war, kündigte de Klerk die ‹Öffnung› an, die Absicht zur Abschaffung der Apartheid. Jetzt fallen wir aus der bipolaren Welt in eine offenere Gesellschaft. Unter Apartheid-Bedingungen, als wir wie in Gefängniszellen lebten, haben wir die Sowjetunion und die DDR verteidigt. Heute müssen wir unsere – und eure Lektion lernen: Rassismus und autoritäre Regierungen führen in unerträgliches Elend. Wir könnten wenigstens den einen Vorteil haben: Wer später startet, macht vielleicht weniger Fehler.»

Walser → Hitlertest, → Last, geschichtliche → Seelenfrieden

Weltmeister

Lang ist es her, auch Deutschland war einmal ein armes Land. Ein Volk, dessen große Mehrheit die Kapitulation 1945 nicht als Befreiung, sondern als Niederlage verstand, an der Niederlage und unbegriffenen Schuld würgte und mit dem Verdrängen seiner Verbrechen beschäftigt war, mußte sich irgendwo austoben. Zwischen den Trümmern der zerstörten Städte war viel Platz zum Spielen. Der Sport, der Fußball war ein solcher Ausgleich – zumindest für die Männer. Der Kampf um den «Endsieg», um Leben und Tod war vorbei, erleichtert durfte man endlich nur Tore *schießen* und um den Sieg *spielen*.

Einige der Männer, die im Jahr 1954 zur Fußballweltmeisterschaft antraten, hatten noch im Schützengraben gelegen, einige waren in Gefangenschaft gewesen, alle hatten sie die «Niederlage» von 1945 in den Knochen. Nie wieder ist eine deutsche Mannschaft so repräsentativ für die Nation gewesen. Der Trainer, der legendäre Sepp Herberger, als «Reichstrainer» unter Hitler ein prominenter Mitläufer, wurde zum Adenauer des deutschen Fußballs. Wie der erste Bundeskanzler schaffte es der erste Bundestrainer, mit autoritärem Führungsstil, Prinzipientreue, List und Glück, die Deutschen mit sich selbst und ihren Leistungen zu versöhnen. «Leistung» wurde darum ein wichtiger ideologischer Begriff der Nachkriegsära.

Am 4. Juli saßen viele Westdeutsche zum ersten Mal vor einem Fernsehgerät – zu Dutzenden in Wirtshaussälen vor winzigen Bildschirmen. Millionen hörten die Übertragung am Radio. Auch die Bevölkerung der DDR, damals Sowjetzone genannt, lauschte am Radio, überwiegend mit offener oder heimlicher Sympathie für die Westdeutschen. Die 90 Minuten des Spiels und der überraschende Gewinn der Weltmeisterschaft wurden der Initiationsritus der jungen Bundesrepublik. Im Regen von Bern, in einer Schlammschlacht, die alle ehemaligen Soldaten an die Schützengräben erinnert haben muß, erkämpften elf Kicker in nassen, matschigen Trikots ein glückliches 3 : 2 – und mehr. Sie verwandelten das Selbstbild der Westdeutschen: die Zeit der Niederlagen war vorbei, von nun an wurde auf Sieg gesetzt.

Auch für uns Kinder, am Krieg unschuldig, aber in eine Kultur des Verdrängens und der Strenge hineingewachsen, war der Sieg eine Befreiung, vielleicht, weil die Väter, die den Krieg überlebt hatten, sich wieder lockerer zeigen und freuen durften.

Der Mythos von 1954 wirkt bis in die heutige Fuß-

ballbegeisterung hinein. Warum aber evozieren die Auftritte einer Nationalmannschaft gerade in einem sich öffnenden Europa so viel Nationalismus? Es sind die Arbeitslosen, die geistig und materiell Armen, die Verlierer der Gesellschaft, die sich am heftigsten mit den Millionären auf dem grünen Rasen identifizieren, die im Namen der Deutschen den Ball treten oder köpfen. Gerade die deutschen Fußballer leiden unter Gewinnzwang, sie spielen kalkuliert, effizient, hart arbeitend, d. h. sie *spielen* nicht (wie die Afrikaner und Lateinamerikaner *spielen*). Zu den zivilen Tugenden, die die Deutschen nur ungenügend gelernt haben, gehört: verlieren zu können. Das erfordert bekanntlich eine gewisse Ich-Stärke. Kein Wunder, daß die Verlierer der Gesellschaft ihre Idole bei den Männern suchen, die es nicht ertragen können, nicht die Ersten, die Gewinner, die Weltmeister zu sein.
→ Fritz, unser aller

Westen → Vereinigung, deutsche

Wüste

Es regnete, als ich die judäische Wüste zum ersten Mal sah. Die israelischen Freunde waren begeistert über das seltene Schauspiel, das mich enttäuschte: schwere dunkle Wolken hingen über grün schimmernden Bergen. Die Sensation, Regen in der Wüste!

Erst die Sonne macht die Wüste zu einer erotischen Landschaft. Von Jerusalem taucht man hinab zwischen Schluchten und Kegel, Spalten und Falten, sanft geschwungene Gipfel in der Ferne. Die Fleischfarben der Steine, bis ins Weiß, Rot und Gelbgrau, mit den Tageszeiten changierend. Von nahem dann drahtige Grasbüschel, Sträucher, Distelgestrüpp, nackte, rissige Erde, alles in den Farben der Trockenheit. Was nicht Stein oder Staub ist, wirkt aufreizend schön, die einzelne Blume, der einzelne Baum, der Beduine, der auf seinem Esel einen Pfad hinaufgeritten kommt. Alles Lebendige erhebt sich ins Individuelle.

Eine verborgene Kraft ist in der Natur, nach innen gekehrt, sagt die Malerin Efrat. Die Natur zeigt ihre Energien nicht, man ahnt nur, welche Gewalt hier schlummert.

Ohne Wasser stirbt man rasch. Soldaten der israelischen Armee haben Befehl, jede halbe Stunde einen großen Becher Wasser zu trinken. Wer es nicht tut, dem droht Gefängnis.

Die Stille. Die Fluten des Lichts. Ich höre den Wind. Ich höre all die überschüssige Sonnenenergie in der Luft. Eine Kraft, die träge auf den Steinen liegt, als wisse sie nicht wohin. In dieser Stille brauchen Gedanken nicht zu sprechen. «Was ist hier Schlaf und was Wachsein, / was Schweigen und was Reden, / was Trauer, was Freude, / was Hoffnung, was Verzweiflung, / was männlich, was weiblich, / was Leben, was Materie.» (Yehuda Amichai)

Die Nacht hat nichts Düsteres, sie nimmt den Druck von den Steinen, die ihre hellen Profile zeigen. Näher werden die Sterne nie kommen. Ein Klischee wird bedient: fern das Licht über Jerusalem wie ein Heiligenschein. Man hört nur den Wind, der in den Ohren rauscht, vielleicht noch das Knistern einer Plastiktüte, die sich an einem Stein verfangen hat. Früh am Morgen die Vögel, deren Gezwitscher von tief unten aufsteigt, aus der grünen Ader des Wadi Qilt.

Die Wüste lügt nicht. Jerusalem, das geduldige Muttertier heiliger Gewißheiten, an dessen Zitzen die Kinder dreier Religionen drängeln, schimpfen, saugen und doch nicht satt und friedlich zu werden scheinen, hat hier ein würdiges Gegenbild. In keiner anderen Wüste der Welt wird man diese Erleichterung spüren, sich vom Kampfgeschrei der Religionen und Ideologien zu entfernen. Die steinerne Natur ist von keiner Religion okkupiert.

Dennoch, die Wüste ist «in». An vielen Orten gibt es Mountainbikes zu mieten oder sogenannte Minitractors, die wie Mondautos aussehen, mit denen man durch die Wildnis knattern, die Tiere mit dem Lärm verscheuchen, die Pflanzen mit den dicken Reifen niederwalzen kann. In Ein Gedi läßt sich u. a. «Beduinen-Gastfreundschaft im Beduinen-Zelt» mieten. Auch Metzoke Dragor, das internationale Zentrum für Wüstentourismus, bietet alle Formen des Abenteuerurlaubs. Am bequemsten ist die Tagestour in speziell von Mercedes entworfenen offenen Bussen. Man sieht viel auf solcher Safari, Steinböcke, Kamele, Adler, das Mar-Saba-Kloster, das Georgskloster, das Harkonia-Tal, die grüne Pracht des Wadi Qilt, die eindrucksvollsten Schluchten und Steinwände. Aber die Blicke sind zu eilig, zu schnell dieselt der Bus an allem vorbei, die Sprache der Wüste, die Stille, erschließt sich so nicht.

Da machen es die Mitarbeiter der Telefonseelsorge einer deutschen Großstadt schon besser. Sie buchen eine Woche Wüste, campen nah einer Quelle – und kehren, begeistert vom einfachen Leben, mit der neuen Selbsterfahrung zurück, nun wieder richtig hören zu können.

Der Schriftsteller Amos Oz berichtet, wie in seiner Kindheit Vorurteile gegen die Araber geschürt wurden.

Die Araber gehörten in die Wüste, Israel stehe das bebaubare Land zu, die Araber könnten mit dem Land nichts anfangen. Zumindest unbewußt gehe dieser «Krieg zwischen dem gepflügten Land und dem wüsten Land, zwischen den Söhnen des Lichts und den Söhnen der Finsternis» immer weiter. Es ist, als kehre mit jedem Stein, den Palästinenser seit der *Intifada* gegen Israelis werfen, ein Stück Wüste ins Bewußtsein zurück.

Wunschzettel

Wie beschenkt man eine reiche, 50jährige, vom Umzug, von der Vereinigung und der grenzenlosen Weltökonomie etwas gestreßte Republik?

Ein Wunschzettel gefällig?

Anfangen könnten die Ämter. Alle Ministerien, Verwaltungen und sonstigen Behörden des Bundes, der Städte, Länder und Gemeinden mögen sich verpflichten oder von ihren Chefs verpflichtet werden, ab 1999 zehn Prozent ihrer Dienstvorschriften, Verordnungen und Durchführungsbestimmungen abzuschaffen. In den folgenden drei Jahren weitere fünf Prozent (oder besser: zehn Prozent) der verbleibenden Menge von Vorschriften. Die allseits beklagte hohe Regulierungsdichte ist ja nicht nur ein Investitionshindernis, sondern blockiert auch Produktivität und Motivation und stiftet subversiv und nachhaltig zur allgemeinen Staatsverdrossenheit an.

Bei allem Verständnis für Gemütlichkeit: die Beamten könnten dem Staat kein schöneres Geschenk machen, als ihn zu entbürokratisieren.

Das nächste große Geschenk darf von den Banken erhofft werden: zehn Prozent Schuldenerlaß für Bund, Länder und Gemeinden! Der Schuldenstand liegt bei

2190 Milliarden Mark (1997), Tendenz steigend. Die Banken haben, das kann man ihnen nicht vorwerfen, von den Fehlern der Politik profitiert, nicht nur durch die gigantischen Zinseinnahmen. Doch ihr Hyperreichtum wird, wie Fachleute vorrechnen, immer mehr zu einem Risikofaktor für die Weltwirtschaft. Die Republik zu beschenken, die unsere Banken so mächtig hat werden lassen, wäre nicht nur ein Akt der Höflichkeit und des Respekts, sondern auch im eigenen ökonomischen Interesse. 219 Milliarden Mark in einem Jahr weniger – erlassen, abgeschrieben –, das hört sich gewaltig an, aber de facto würde niemand ärmer werden. (Man verzichte bitte auf die Ausrede, *alles* Geld gehöre den Kunden.) Auch nicht, wenn von der verbliebenen Schuldensumme in den folgenden drei Jahren jeweils weitere fünf oder zehn Prozent als Verlust verbucht würden. Image- und Glaubwürdigkeitsgewinn plus Konjunkturbelebung wären auf Dauer profitabler als ein Moratorium in ein paar Jahren. Und welch ein Aufatmen beim Lockern des Schuldenstricks!

Und zu welchen Präsenten könnte sich die tüchtige, weltberühmte deutsche Industrie entschließen? Beim Blick hinüber auf das eng geschachtelte, düstere, kleinmütige debis-Areal kann ich nicht ganz verdrängen, daß die Firma, die hier bauen läßt, dank satter «Verlustvorträge» in Deutschland so gut wie keine Steuern zahlt. Daimler-Benz befindet sich da in bester Gesellschaft, die meisten Konzerne und größeren Firmen, europaweit und weltweit verflochten, sparen inzwischen in Deutschland mehr Steuern als in den schönsten Steueroasen. Die Globalisierung ist nicht zu umgehen und gleichzeitig zur Ausrede dafür geworden, den Finanzämtern des Landes, das die Expansion ermöglicht und gefördert hat, leere Taschen vorzutäuschen.

Es ist nur ein bescheidenes Geschenk, das ich der gebeutelten Industrie vorschlage: mindestens zehn Prozent der Summe, die ohne Bilanztricks und ohne Gewinnverschub in Deutschland zu entrichten wäre. Diese Gelder, auch das ein Wunschzettel-Wunsch, sollten ausschließlich an Schulen und Universitäten fließen – wenn gleichzeitig die verantwortlichen Bildungspolitiker an ihrem Geschenk arbeiten, das Bildungssystem gründlich im Hentigschen Sinne zu reformieren.

Und was sagt das gläserne Straußenei auf dem Reichstag den frisch gewählten Politikern? Nein, mit einem 10-Prozent-Geschenk ist es nicht getan – obwohl die eine oder andere Verzichtsgeste nicht schaden würde. Können sie nicht, wenn sie schon von der Ökonomie und der EU degradiert werden, die Grundrechte (wieder) zum Dreh- und Angelpunkt ihrer Arbeit machen? Und nebenbei effektiver werden durch eine deutliche Entkoppelung vom Lobbysystem? Also: zehn Prozent weniger Lobbyistengespräche. Abgeordnete, die neben- oder hauptberuflich für Firmen, Verbände und Gewerkschaften tätig sind, könnten der Republik kein besseres Geschenk machen, als ihr Mandat niederzulegen.

Keine Sorge, hier will sich niemand in die Regierungserklärung einmischen. Doch ich hätte nichts dagegen, wenn phantasievollen Leserinnen und Lesern weitere Geschenk-Vorschläge einfielen. Nur ein Prinzip soll für alle Wunschzettel gelten:

Alles freiwillig, bitte schön. Kein verordneter «Solidaritätszuschlag» für Solipsisten. Nur freiwilliges Handeln zeigt, wieviel uns die Republik und die Freiheit wirklich wert sind. Nur so könnte die Geschenkidee wirken, Mode werden, anstecken. Oder muß man erst eine volkswirtschaftliche Gesamtrechnung aufstellen, um auch dem letzten Dax-fixierten männlichen Milchmädchen zu beweisen, daß solche Geschenke, selbst wenn sie manchem Geber weh tun, niemanden nennenswert ärmer machen?

Gäbe es bessere Mittel, den Menschen in den neuen Bundesländern zu zeigen, wie ernst es den Demokraten mit der Demokratie ist? Wie dankbar die Gewinner der Einheit sein können? Gäbe es bessere Mittel, den europäischen Nachbarn zu beweisen, daß die Deutschen auch mal verzichten können? Bessere Mittel, die Berliner Republik zu einer wirklichen Bundesrepublik zu machen? Besseres für eine Entschlackungskur? Für die Zivilisierung der Gesellschaft? Für wirtschaftlichen Aufschwung? Für einen neuen Anfang, freiheitlich und weltoffen?

Die Geburtstagsgeschenk-Kampagne kann freilich nur gelingen, wenn die Reichsten und die Mächtigsten anfangen und leuchtende Vorbilder abgeben. Wenn die wohlhabendere Hälfte der Bevölkerung mitzieht und alle, die bei Kräften sind, über eigene Geburtstagsgeschenke nachdenken. Vielleicht kommen dann ganz am Ende sogar ein paar Arbeitslose mehr zum Spargelstechen.

Zersetzen

Der junge Autor Friedrich Schmitz nimmt sich etwas Positives vor. Er nimmt sich vor, mit redlichen Absichten an den ewigen und den neudeutschen Werten zu nörgeln, an allem herumzumeckern, was Sicherheit und feige Zufriedenheit vortäuschen will, nimmt sich vor, den Schmutz im eigenen Nest zu analysieren und zu zersetzen, was anderen Leuten, die ihm nicht passen, lieb und teuer ist und was an, seiner Meinung nach, falschen Idealen oder falschgemünzten Wahrheiten im Umlauf ist.

An dieser Stelle ist ein Exkurs nötig über den Begriff Zersetzen. Recht verstanden: Es geht hier nur darum, einen Begriff zu rehabilitieren, einen Begriff, ohne den der Ablauf intellektueller Produktion nicht zu denken ist. Die Nazis haben das Wort bekanntlich zum Schlagwort gemacht für eine Kunst, die ihren Idealen zuwider war. Alle kritische, Zweifel und Widerspruch an den alten und neuen Mythen schürende Kunst, die mehr auf den Verstand als aufs Gefühl rechnete, fiel unter diese Bezeichnung. Und in diesem Sinn wird sie noch heute gern gebraucht von Leuten, die nichts verlernt oder nichts dazugelernt haben. Der Witz ist nur, daß sie dieses Wort meistens völlig zu Recht verwenden; sie benutzen es für eine ihrer Meinung nach böse Sache, was, nüchtern betrachtet, eine recht gute Sache ist. Um das Wort brauchen wir uns da nicht zu streiten, nur um seine Interpretation.

Warum ist das Zersetzen eine gute Sache?

Friedrich Schmitz muß hier ein paar Allgemeinplätze wiederkäuen. Er geht von folgenden Gedanken aus: Das Großeganze hat uns oft genug betrogen. Weltanschauungen haben uns blind genug gemacht. Die Sucht nach Synthesen und großen Ideen wäre zu bremsen zugunsten einer Aufwertung der Analysen. Wer zersetzt, will analysieren, in Einzelteile zerlegen, sich nicht so schnell mit Synthesen zufriedengeben.

Zersetzen, wir sind immer noch bei den Allgemeinplätzen, ist zuerst und zuletzt ein Teil der Arbeit während der Kunstproduktion. Literarische Kunst, so wollen wir doch hoffen, wird nicht allein mit Worten gemacht. Was sich da im einzelnen während der Produktion ereignet, läßt sich schwer sagen, es wäre für uns auch wenig interessant. Aber so viel steht fest: Wer Kunst oder etwas Ähnliches macht, der sollte seinen Gegenstand, ob konkret oder abstrakt, möglichst gut kennen, ihn auseinandernehmen, in Einzelteile zerlegen können. Diese Einzelheiten hat der Zersetzer in ihren Zusammenhängen und außerhalb ihrer Zusammenhänge zu betrachten und sie, eine nach der andern, nach seinen Kriterien, die ihrerseits nicht vom Zersetzen verschont bleiben, auf ihre – gemeint sind die Einzelheiten – Beschaffenheit hin zu untersuchen. Dieser Erkenntnisprozeß, um den Philosophen verständlich zu bleiben, geht freilich oft unbewußt vor sich, diese Zersetzung findet heimlich statt. Sie ist notwendig, bevor der künstlerische Kopf seinen Gegenstand auf die Weise, die er verantworten möchte, mit seinem Handwerkszeug wieder zusammensetzen kann. Der Baum auf der Straße ist etwas anderes als der beschriebene Gegenstand Baum auf der Straße.

Nun meint Herr Schmitz aber, dieser simple neutrale Vorgang des stillen Zersetzens ließe sich vielleicht aufwerten dadurch, daß man das unmittelbar folgende Neuzusammensetzen hinauszuzögern oder doch dem möglichen Leser anschaulich zu machen versucht. Das heißt: Der Autor mag mit dem Leser nicht nur die schöne Illusion und das Ergebnis des Gestaltens teilen, sondern auch die edle Nüchternheit und das Ergebnis des Zersetzens.

Zersetzende Literatur wendet sich also an fortgeschrittene, an mündige Leser. Denen könnte sich ein redlicher Autor mit möglichst wenig Verstellung als Wortführer anbieten und ihnen zeigen, welch goldnen Boden dies Handwerk des Zersetzens hat. Dieser Absicht widerspricht die Maxime von Jean Paul, «Leser kann man nicht genug betrügen», nur scheinbar: Jean Paul rechnet mit Lesern, die wissen, daß sie und wie sie betrogen werden.

Zersetzen, wir sind schon wieder bei Allgemeinplätzen, wäre also, schlicht gesagt, als Oberbegriff zu verstehen zu Wörtern wie entnebeln, entlarven, der Ratio überantworten usw. Das hört sich simpel an und ist simpel und enttäuschend für alle, die ihren Lessing oder Büchner oder Arno Schmidt gelesen haben. Aber hierzulande – ich muß schon wieder längst bekannte Fakten aufwärmen – muß man solche Wörter und solche Schein-Programme immer wieder attraktiv machen, obwohl jeder fortgeschrittene Nüchternheitsfanatiker weiß, daß namentlich unter den Gebildeten und anderen FAZ-Lesern gegen die Vorstellung von Kunst als Sonntagszubehör oder als Medium zu höheren Regionen, wie sie an einem Abend der Woche auf die Mattscheibe kommt, mit ein paar schönen Ideen, ein paar putzigen Konflikten zwischen Pflicht und Neigung, einer Prise Tragik oder lyrischer Ekstase, ernst genommen nur von Leuten, die nicht im sogenannten täglichen Leben stehen, daß gegen diese Vorstellungen kaum ein Kraut gewachsen ist, solange unsere Lesebücher fast ohne Ausnahme am Weltbild des Mittelalters oder doch eines mittelalterlichen 19. Jahrhunderts festhalten und solange unser Deutschunterricht so törichte Erfindungen wie den Besinnungsaufsatz für sein A und O hält und so weiter und so fort.

Der Begriff Zersetzen, um wieder zur Sache zu kommen, soll also nicht als Schlagwort oder gar als neue literarische Theorie verstanden werden. Auch muß auf die möglichen Verführungen geachtet werden wie: Sich aus bloßem Snobismus dieses Begriffes zu bedienen, sich das Ungemütliche des Worts gemütlich werden zu lassen, und ebenso: Sich etwa als Zersetzer in Chirurgen-Positur zu gefallen.

Nach all diesen Umschreibungen werden Sie fragen, worin sich denn nun konkret dieses Zersetzen äußere. Da sind zunächst ein paar allseits bekannte literarische Techniken, in denen sich das Zersetzen relativ leicht ausüben läßt: Satire, Groteske, Ironie, Parodie, Polemik usw. Auch die in den letzten Jahren so populär gewordene Dokumentartechnik ist hierhin zu rechnen.

Autor Friedrich Schmitz muß zugeben, daß ihm vor oder während seiner literarischen Arbeit die Vokabel Zersetzen nicht in den Sinn kommt. Wenn er mittendrin steckt, kommt ihm allenfalls eine wohlüberlegte Aggressivität hoch; die will formuliert sein. Wenn er zum Beispiel an einem gesamtdeutschen Gedicht sitzt, versucht er es so zu schreiben, daß sich niemand dabei wohl fühlen oder den Pharisäer spielen könnte. Wenn er sich zum Beispiel mit handfester CDU-Ideologie beschäftigt, streut er polemisch Sand ins Getriebe. Wenn sich zum Beispiel die große Koalition formiert und Schmitz seine Wut darüber formulieren möchte, versucht er das in Form der Parodie eines schwermütigen Rilke-Tons. Wenn er zum Beispiel einen Roman schreibt, tarnt er ihn als Heimatroman. Erst die Ergebnisse solcher Vorsätze können von Interpreten dann mit gutem Recht zersetzend genannt werden.

Zersetzen, sagte Schmitz vor diesem Exkurs, der nun zu Ende ist, zersetzen wäre: Das auseinanderzunehmen, was anderen Leuten, die ihm nicht passen, lieb und teuer ist, und was an, seiner Meinung nach, falschen Idealen oder falschgemünzten Wahrheiten im Umlauf ist.

Was aber wäre denen zu antworten, die jetzt auf den Einwand kommen, die Jugend brauche doch Vorbilder, man könne doch nicht alles respektlos auseinandernehmen, das sei doch nicht positiv, wo soll denn das hinführen, woran soll man sich denn da noch halten? – Ich zitiere als Antwort einen Autor, der besser ist, als Sie ihn von der Schule her kennen, ich zitiere den seriösen Dichter Gottfried Keller:

«Es gibt eine Redensart, daß man nicht nur niederreißen, sondern auch wissen müsse aufzubauen, welche Phrase von gemütlichen und oberflächlichen Leuten allerwegs angebracht wird, wo ihnen eine sichtende Tätigkeit unbequem entgegentritt. Diese Redensart ist da am Platze, wo obenhin gesprochen oder aus törichter Neigung verneint wird; sonst aber ist sie ohne Verstand. Denn man reißt nicht stets nieder, um wieder aufzubauen; im Gegenteil, man reißt recht mit Fleiß nieder, um freien Raum für Licht und Luft zu gewinnen, welche überall sich von selbst einfinden, wo ein sperrender Gegenstand weggenommen ist. Wenn man den Dingen ins Gesicht schaut und sie mit Aufrichtigkeit behandelt, so ist nichts negativ, sondern alles positiv, um diesen Pfefferkuchenausdruck zu gebrauchen.»

Ich bitte das im «Grünen Heinrich», am Anfang des 2. Kapitels im 4. Band, nachzulesen.

Wer nach diesen Worten noch Angst hat, den Boden unter den Füßen zu verlieren, wer sich scheut vor ungemütlichen Gedanken und vor dem Risiko, Meinungen ändern zu müssen, der hat in der Literatur wenig oder nichts zu suchen, der mag, wenn er sonst einfältig, aber nicht ohne die Künste leben will, Westermanns Monatshefte oder Hans Carossa oder Luise Rinser lesen oder sich an neutrale musikalische Vergnügen halten.

Die Sätze von Gottfried Keller lassen sich aus vielen Gründen noch zuspitzen. So sagt etwa Ulrich Sonnemann mit Pathos, aber mit Recht: «Der Geist soll zersetzen, bis er auf etwas trifft, was ihm standhält, was er achten und verehren kann, und also – das sollten wir festhalten – ist ein Mensch, der nicht zersetzt, obwohl er es den Sachverhalten nach sollte und seiner persönlichen Anlage nach könnte, einfach ein Verräter am Geist und am Menschlichen selbst, ein unwahrhaftiger Mensch und ein moralischer Feigling.»

Zweifel

Mein 21. Jahrhundert begann am 2. November 1999 gegen 16 Uhr, als ich aus der Narkose erwachte. Ein bösartiges Gewächs war aus dem Körper geschnitten, und großes Glück hatte ich auch – das ist ein tieferer Einschnitt als ein um 366 Tage zu früh gefeierter Jahrtausendschritt. Während ich Mulischs «Die Entdeckung des Himmels» las, in geliebte Augen blickte und den schwindelfreien Gang übte, wusste ich, daß ich mich auf die Entdeckung der Zukunft vorbereite. Das meine ich pathetisch und ironisch zugleich, mit aller möglichen Nüchternheit. Wie den Goethe-Satz, jeden Tag zu nehmen, als sei er der letzte. Eine optimistische, erhebende Einladung zur *vita activa*.

Schon deshalb beeindrucken mich die Grundsatz-Raketen, die in diesen Tagen abgefeuert werden, und die illuminierten Allgemeinplätze wenig. Im Zuge der

2000-Konjunktur richten sich die Scheinwerfer, auch die der Feuilletons, auf alles, was «jung» und «neu» genannt werden kann. Das ist gut so, aber niemand soll sich täuschen: Auch das ist nur eine Mode. Wieviel Biederes, Blindes, Billiges unter der flotten Oberfläche steckt, nicht weniger als anderswo, wird man früher oder später merken.

Im großen Mediengezappel, im schärfer werdenden Verdrängungswettbewerb auf den Kunst- und Meinungsmärkten wächst die Verachtung für den «Schnee von gestern». Deshalb sollte man hin und wieder darauf hinweisen, daß selbst der allerneuste James-Bond-Film auf uralte Weise gemacht ist, mit der Ästhetik des Kasperle-Theaters, garniert mit *special effects*.

Die Aussichten sind also gar nicht so schlecht: «Unser Blick auf die Wirklichkeit», hat der Philosoph Odo Marquard neulich behauptet, «ist illusionsbereit und illusionsanfällig, denn er ist durch unsere Zukunft bestechlich. Diese Bestechlichkeit nimmt mit zunehmendem Alter ab, weil wir immer weniger Zukunft haben ...»

Mein 21. Jahrhundert? Zweifel, Liebe, Hoffnung. Zum Glück ist Kunst nicht zu globalisieren, Humor auch nicht. In Berlin, in der Mitte zwischen Kiew und Key West, darf ich mir leisten zu sagen: Ohne Schnee von gestern kein Frühling, keine Fruchtbarkeit. Und weiter arbeiten am Schnee von morgen.

Quellenverzeichnis

Die Auswahl vermischter Artikel, zwischen 1967 und 2002 erschienen, erfolgte nach historischen und kulinarischen Kriterien. Für dieses Buch mussten die Texte mehr oder weniger stark gekürzt werden. An Wortlaut und Rechtschreibung wurde nichts geändert.

Selbstporträt mit Schimpansen. Aus: Vorstellung neuer Mitglieder. Jahrbuch 1998 der Deutschen Akademie für Sprache und Dichtung.
Achtundsechzig. Aus: Wie scheintot war die Literatur? Frankfurter Rundschau, 6. 2. 1999 und Jahrbuch 1999 der Deutschen Schillergesellschaft.
Anarchisten. Aus: Trend ins Minus. Die Woche, 18. 9. 1998
Arbeit ruiniert die Welt. Aus: Europa, die Thermodynamik und der neue Schießbefehl. Neue Rundschau 1, 1991
Berlin-Brandenburg. Aus: Das Preußen-Ja. Der Tagesspiegel, 20. 2. 2002

Berliner Neujahrswunsch 96. Aus: Journal in 3. Sender Freies Berlin, 2. 1. 1996

Berlusconi, Silvio. Aus: Vereinfachungswut. Das Plateau, 66, August 2001

Bildbeschreibung. Aus: Lovis Corinth, Selbstporträt mit Rückenakt. art 12/ 1996

Blut. Aus: Dachdecker und Dachdenker, Blut und Licht. Halbe Antworten an Zafer Şenocak. Deutsche Zustände, Reinbek 1993

Born, Nicolas. Aus: Einer fehlt, mehr denn je. Literaturmagazin 21, Reinbek 1988

Camus, Albert. Aus: Schriftproben. Die Woche, 17. 3. 1994

Dachdecker. Aus: Dachdecker und Dachdenker, Blut und Licht. Halbe Antworten an Zafer Şenocak. Deutsche Zustände, Reinbek 1993

Deutschland. Aus: Dachdecker und Dachdenker, Blut und Licht. Halbe Antworten an Zafer Şenocak. Deutsche Zustände, Reinbek 1993

Dialog. Aus: Canetti und Computer. Literaturmagazin 22 – Ein Traum von Europa, Reinbek 1988

Döblin, Alfred. Aus: Ich errege die Wut der Gerechten. Der Tagesspiegel, 14. 2. 1993

Donnerstag, blauer. Aus: Der Ritt auf den Rasierklingen. Friedliche Tage in Südafrika. Süddeutsche Zeitung, 25./ 26. 9. 1993

Einheit, deutsche. Aus: Die Unfähigkeit zu loben. Sinn und Form, 4. Heft 1994

Einheitsgewinnler. Aus: Schriftproben. Die Woche, 17. 3. 1994

Erfolgsgeheimnis. Aus: Körper & Geist. Frankfurter Allgemeine Sonntagszeitung, 2. 12. 2001

Ersatzreligion. Aus: OrtsZeit. DeutschlandRadio, 4. 7. 2002

Feldherrnhügel. Aus: Im Schlaraffenland der Geschichte. Das Plateau 64, April 2001

Fernsehen. Aus: Laudatio auf Katja Lange-Müller zum Stadtschreiber-Preis der Stadt Mainz und des ZDF, 7. 2. 2002, unveröff.

Freiheit. Aus: Literarische Tischgespräche zwischen Julio Cortázar, Nicolas Born und Viktor Šklovskij. Literaturmagazin 16, Reinbek 1985

Frieden, zwölfjähriger. Aus: Das Ende des zwölfjährigen Friedens. Der Tagesspiegel, 13. 11. 2001

Fritz, unser aller. Aus: Fritz Walter. Der Tagesspiegel, 19. 6. 2002

Fußball. Aus: Helden wie ihr. Millionäre in Unterhosen. Die Zeit, 26. 7. 2001

Gedichte, politische. Aus: Plädoyer für die Fähigkeit zu lesen. Zum Horten-Prozess. konkret 5, 1980

Geschichte. Aus: Im Schlaraffenland der Geschichte. Das Plateau 64, April 2001

Gesellschaftsspiele, intellektuelle. Aus: Vom Spucken in diverse Brunnen, und so weiter. Kursbuch 116, 1994

Global. Aus: Warum merkt keiner, daß Sie ein Humorist sind, Herr D.? FAZ-Magazin, 27. 6. 1986

Greenpeace. Aus: Weiß die Literatur etwas voraus? Und was? Leichtfertige Überlegungen zu einem Satz von Heinrich Mann. Literaturmagazin 21, Reinbek 1988

Grundlagenforschung. Aus: Rhythmus des neuen Europa. Deutsches Allgemeines Sonntagsblatt, 19. 5. 1989

Gruppe 47. Aus: Wie politisch war die Gruppe 47? Antwort an Erich Kuby. taz, 11.11.1988

Herbst, deutscher. Aus: Die Dialektik des Deutschen Herbstes. Die Zeit, 25. 7. 1997

Hitlertest. Aus: Hitlertest im Apfelland. Das Plateau 65, Juni 2001

Höllerer, Walter. Aus: Kurzgefasster Memoirensatz für W. H., Sprache im technischen Zeitalter, Heft 84, 1982
Horten, Helmut. Aus: Offener Brief nach Madonna del Piano. Frankfurter Rundschau, 8. 10.1979
Irrtümer. Aus: Im Schlaraffenland der Geschichte. Das Plateau 64, April 2001
Jerusalem. Aus: Moses und Mountainbikes. Der Gott, der aus der Wüste kam. Merian 12/1995
Koeppen, Wolfgang. Aus: Interpret der frühen Jahre. Der Tagesspiegel, 16. 3. 1996
Kunst. Aus: Closer to the truth. Mit gemischten Gefühlen. Gedichte, Biographien, Statements, München 1978
Last, geschichtliche. Aus: Die Schlacht um den Seelenfrieden. glossen, Nr. 11,2000
Leitkultur, deutsche. Aus: Umfrage. Die Woche, 10. 11. 2000
Lichterkette. Aus: Dachdecker und Dachdenker, Blut und Licht. Halbe Antworten an Zafer Şenocak. In: Deutsche Zustände, Reinbek 1993
Liebeserklärung an die Literaturkritik. Aus: Schriftproben. Die Woche, 17. 3. 1994
Luise, Königin. Aus: Königin Luise. In: v. Hentig/Nadolny (Hg.), Deutschland in kleinen Geschichten II, München 2003
Metropole. Aus: Der kleine Unterschied oder: Ein Amerikaner in Berlin. Berliner Zeitung, 15. 7. 1991
Missverständnisse. Aus: Schriftproben. Die Woche, 17. 3. 1994
Mitte. Aus: Dachdecker und Dachdenker, Blut und Licht. Halbe Antworten an Zafer Şenocak. Deutsche Zustände, Reinbek 1993
Motto. Aus: Schriftproben. Die Woche, 17. 3. 1994
Müller, Heiner. Aus: Zwischen Dschuhs und Whisky. Akademie der Künste. Ausstellungskatalog, Berlin 1998

Notstand, sprachlicher. Aus: Preisrede zum Stadtschreiber-Preis der Stadt Mainz und des ZDF, 19. 2. 1997, unveröff.

Obszönitäten des Alltags. Aus: Obszönitäten des Alltags. Stern Nr. 26, 19. 6. 1986

Pazifismus. Aus: Bildung bleibt die beste Waffe. Neue Westfälische, 30. 11. 2001

Potsdamer Platz. Aus: Wunschzettel. Die Zeit, 29. 10. 1998

Preußen. Aus: Preußen, wozu? Das Plateau 67, Oktober 2001

Privatfernsehen. Aus: Letzte Runde für Gutenberg? Die Zeit, 20. 11. 1981

Prozesse. Aus: Warum merkt keiner, daß Sie ein Humorist sind, Herr D.? FAZ-Magazin, 27. 6. 1986

RAF. Aus: Die Dialektik des Deutschen Herbstes. Die Zeit, 25. 7. 1997

Republik. Aus: Gute Zeiten für Ghostwriter. Literaturmagazin 19, Reinbek 1987

Roman zur deutschen Einheit. Aus: Schriftproben. Die Woche, 17. 3. 1994

Schleyer-Paradox. Aus: Die Dialektik des Deutschen Herbstes. Die Zeit, 25. 7. 1997

Schriftsteller. Aus: Literarische Tischgespräche zwischen Julio Cortázar, Nicolas Born und Viktor Šklovskij. Literaturmagazin 16, Reinbek 1985

Seelenfrieden. Aus: Die Schlacht um den Seelenfrieden. glossen 11, 2000

Selbstunterschätzung. Aus: Neun Einigungsversuche über die Uneinigkeit. Frankfurter Rundschau, 11. 2. 1986

September, 11. Aus: Globale Nahrung von der Kurischen Nehrung. Das Plateau 68, Dezember 2001

Sponsoren. Aus: Ein Volvo in der Oper. Frankfurter Rundschau, 17. 9. 1999

Staat. Aus: Die Dialektik des Deutschen Herbstes. Die Zeit, 25. 7. 1997

Studentenbewegung. Aus: Alles war anders. Süddeutsche Zeitung, 30./31.5. 1998

Termine. Aus: Wo bleiben die Politiker? Der Tagesspiegel, 27. 12. 1998

Tschernobyl. Aus: Gute Zeiten für Ghostwriter. Literaturmagazin 19, Reinbek 1987

Unfähigkeit zu loben. Aus: Die Unfähigkeit zu loben. Sinn und Form 4, 1994.

Utopie. Aus: Gute Zeiten für Ghostwriter. Literaturmagazin 19, Reinbek 1987

Vereinigung, deutsche. Aus: Der Westen wird wilder. Die Zeit, 2. 2. 1990

Vorfeld. Aus: Vorläufige Gedanken über das Vorfeld. In: Tatort Wort, München 1983

Wagenburg. Aus: Der Ritt auf den Rasierklingen. Friedliche Tage in Südafrika. Süddeutsche Zeitung, 25./26. 9. 1993

Weltmeister. Aus: Victory. The goal of German Soccer nationalists. The New Republic, July 4, 1994

Wüste. Aus: Moses und Mountainbikes. Der Gott, der aus der Wüste kam. Merian 12/1995

Wunschzettel. Aus: Wunschzettel. Die Zeit, 29. 10. 98

Zersetzen. Aus: Von der Tugend des Zersetzens oder Der Belletrist im Wohlstand. Anstöße 3, 1967

Zweifel. Aus: Zweifel, Liebe, Hoffnung. Der Tagesspiegel, 2. 1. 2000

Friedrich Christian Delius

geb. am 13. Februar 1943 in Rom, in Hessen aufgewachsen, lebt heute in Berlin und Rom.

1965 Kerbholz. Gedichte. Berlin: Wagenbach (Quartheft 7). Taschenbuchausgabe 1983 (rororo 5073).

1966 Wir Unternehmer. Über Arbeitgeber, Pinscher und das Volksganze. Eine Dokumentarpolemik anhand der Protokolle des Wirtschaftstages der CDU/CSU 1965 in Düsseldorf. Unter wiss. Mitarbeit von Karl-Heinz Stanzick. Berlin: Wagenbach (Quartheft 13). Neuausgabe Bielefeld: Pendragon 1983.

1969 Wenn wir, bei Rot. 38 Gedichte. Berlin: Wagenbach (Quartheft 37). Auch in der Taschenbuchausgabe: Kerbholz. 1983 (rororo 5073).

1971 Der Held und sein Wetter. Ein Kunstmittel und sein ideologischer Gebrauch im Roman des bürgerlichen Realismus. München: Carl Hanser.

1972 Unsere Siemens-Welt. Eine Festschrift zum 125-jährigen Bestehen des Hauses S. Berlin: Wagenbach (Quartheft 57), Rotbuch 1973 (Rotbuch 102). Erweiterte Neuausgabe mit einem Anhang über den Prozeß, über die Kunst der Satire, die Menschenwürde des Konzerns,

Bierpreise und den verlorenen Kredit des Hauses S. Berlin: Rotbuch 1976. Neuausgabe Hamburg: Rotbuch 1995.

1975 Ein Bankier auf der Flucht. Gedichte und Reisebilder. Berlin: Rotbuch (Rotbuch 144).

1981 Ein Held der inneren Sicherheit. Roman. Reinbek: Rowohlt (das neue Buch 153). Taschenbuchausgabe in: Deutscher Herbst. Drei Romane. 1997 (rororo 22163).

1981 Die unsichtbaren Blitze. Gedichte. Berlin: Rotbuch (Rotbuch 250).

1984 Adenauerplatz. Roman. Reinbek: Rowohlt. Taschenbuchausgabe 1987 (rororo 5837).

1985 Einige Argumente zur Verteidigung der Gemüseesser. Eine Denkschrift. Berlin: Rotbuch (Rotbuch 306).

1987 Mogadischu Fensterplatz. Roman. Reinbek: Rowohlt. Taschenbuchausgabe in: Deutscher Herbst. Drei Romane. 1997 (rororo 22163).

1988 Konservativ in 30 Tagen. Ein Hand- und Wörterbuch Frankfurter Allgemeinplätze. Reinbek: Rowohlt.

1988 Waschtag. Textbuch. Mit einer Einführung von Dieter Kirsch. Utrecht: L.O.K.V. Dramatische Bibliothek.

1989 Japanische Rolltreppen. Tanka-Gedichte. Reinbek: Rowohlt.

1991 Die Birnen von Ribbeck. Erzählung. Reinbek: Rowohlt. Taschenbuchausgabe 1993 (rororo 13251).

1992 Himmelfahrt eines Staatsfeindes. Roman. Reinbek: Rowohlt. Taschenbuchausgabe in: Deutscher Herbst. Drei Romane. 1997 (rororo 22163).

1993 Selbstporträt mit Luftbrücke. Ausgewählte Gedichte 1962–1992. Reinbek: Rowohlt.

1994 Der Sonntag, an dem ich Weltmeister wurde. Erzählung. Reinbek: Rowohlt. Taschenbuchausgabe 1996 (rororo 13910).

1995 Der Spaziergang von Rostock nach Syrakus. Erzählung. Reinbek: Rowohlt. Taschenbuchausgabe 1998 (rororo 22278).

1996 Die Verlockungen der Wörter oder Warum ich immer noch kein Zyniker bin. Berlin: Transit.

1997 Amerikahaus und der Tanz um die Frauen. Erzählung. Reinbek: Rowohlt. Taschenbuchausgabe 1999 (rororo 22482).

1999 Die Flatterzunge. Erzählung. Reinbek: Rowohlt. Taschenbuchausgabe 2000 (rororo 22887).

1999 (mit Peter Joachim Lapp) Transit Westberlin. Erlebnisse im Zwischenraum. Berlin: Ch. Links.

2001 Der Königsmacher. Roman. Berlin: Rowohlt Berlin. Taschenbuchausgabe 2003 (rororo 23350).